SÁBIAS PALAVRAS DE UM CHIHUAHUA

– TEATRO REFORMATÓRIO –

Sábias palavras de um Chihuahua

✳ ✳ ✳

PAOLA PRESTES

Copyright © 2023 Paola Prestes
Sábias palavras de um Chihuahua © Editora Reformatório

Editor
Marcelo Nocelli

Revisão
Marcelo Nocelli
Natália Souza

Imagem de capa
Montagem e foto de Paola Prestes

Design e editoração eletrônica
Negrito Produção Editorial

Dados Internacionais de Catalogação na Publicação (CIP)
Bibliotecária Juliana Farias Motta (CRB 7/5880)

Prestes, Paola
    Sábias palavras de um Chihuahua / Paola Prestes. – São Paulo:
Reformatório, 2023.
    152 p.: 14 x 21 cm

    ISBN 978-65-88091-82-1

    1. Teatro brasileiro. 1. Título.

P936s   CDD B869.2

Índices para catálogo sistemático:
1. Teatro brasileiro

Todos os direitos desta edição reservados à:

EDITORA REFORMATÓRIO
www.reformatorio.com.br

Para minha gata Muamba,
que nunca latiu nem fumou.

Personagens

Melanie

Roteirista, vive na corda bamba e tem um longo caso com Leon, diretor de teatro. Quando a peça começa, ela passa por um bloqueio criativo: foi contratada para escrever uma série e o roteiro empacou. Além disso, Leon está internado: contraiu um vírus terrível e está em estado grave. Para piorar, o relacionamento que sempre teve altos e baixos passou por mais um rompimento, e Melanie nem sabe mais qual o seu lugar na vida de Leon.

Dona Kiki (Raquel)

Viúva, vizinha de Melanie. Pequenina e seca como uma uva passa, vive da aposentadoria e da lembrança de Vitório, seu falecido e idolatrado marido. Seu filho único, Emanuel, ou Manu, lhe deu um chihuahua, Benito, para ela se sentir menos só. Apesar do baque da viuvez, dona Kiki manteve o ânimo das pessoas que não se fazem perguntas demais. Resta saber se dona Kiki é mesmo tão feliz quanto parece.

Sábias palavras de um Chihuahua 7

Leon

Diretor de teatro famoso, mas nos últimos anos a fama de diretor genial minguou, acentuando sua natureza irascível. Anunciou várias vezes que ia montar *Esperando Godot* de Samuel Beckett, mas sempre acabou adiando. Quando a peça começa, Leon está em estado grave, na UTI de um hospital, após contrair um vírus que pode matá-lo. Está desacordado, no denominado estado minimamente consciente, e ligado a um aparelho de sinais vitais.

Filha de Leon

Ela aparece na cena 8, como um vulto.

Cenário

A peça tem dois cenários: o apartamento de Melanie e a UTI do hospital onde se encontra Leon. Quando o apartamento está iluminado, a UTI não está, e vice-versa.

O apartamento: fica mais à frente do palco. Está bagunçado e há vasos com plantas mortas num canto. Há um computador, um velho sofá, e uma mesa de jantar que virou um depósito de livros, correspondências e outras papeladas, além de uma garrafa térmica e louças sujas. E há a porta da frente por onde entra dona Kiki.

A UTI do hospital: não precisa ser um cenário completo. É caracterizada pela cama de hospital onde Leon está deitado, ligado a aparelhos. Pode estar mais ao fundo ou mais elevada que o apartamento, como se fosse um espaço suspenso, ou um lugar entre dois mundos, fora do tempo e da realidade.

Duas máquinas: o monitor de sinais vitais na UTI e o computador no apartamento têm um papel importante

Sábias palavras de um Chihuahua 9

em cada um desses dois ambientes, na medida em que a expressão vital e sobrevivência (em mais de um sentido) de Leon e Melanie dependem deles.

O monitor de sinais vitais: Leon se expressa através dele. Suas luzes e variações dos sinais visuais que emite devem ser vistas da plateia. Não menos importante é o sinal sonoro do aparelho: o bipe. Ele pontua os batimentos cardíacos de Leon, seu estado físico, mas sobretudo emocional. Há também eletrodos e um sensor de oximetria e um suporte com um saquinho plástico de soro.

O computador: ferramenta de trabalho de Melanie, seu ganha-pão. Há a uma alternância entre aquilo que Melanie digita – o roteiro –, e as reflexões pessoais que faz em voz off. Durante a voz off, a luz do cenário diminui, e a luz da tela do computador ilumina o rosto de Melanie, criando uma sensação de interioridade, ou intimidade que é compartilhada com o público. Assim como o som do bipe pontua as emoções de Leon, o som do teclado de Melanie pontua seu estado de espírito.

Trilha musical

Réquiem, Op. 48, de Gabriel Fauré.

Cantique de Jean Racine, Op. 11, de Gabriel Fauré, letra de Jean Racine.

A transição de uma cena para outra é feita através destas duas obras, marcando a mudança de cenário e passagem do tempo.

Champagne, de Peppino di Capri, fecha a peça.

Se subir ao céu, lá tu estás;
se fizer no inferno a minha cama,
eis que tu ali estás também.

SALMO 139:8

CENA I

Abril

Melanie e Leon no proscênio. Estão em pé, frente a frente, próximos, se encaram. Foco de luz neles. O resto do cenário está no escuro, mas é possível discernir os contornos de uma escrivaninha com um computador, uma mesa e, em outro ponto do cenário, uma cama de hospital e um aparelho de sinais vitais desligado. Clima tenso.

MELANIE
Você poderia ter me batido.

Subitamente, Leon começa a bater em Melanie até espancá-la violentamente. Ela tenta se defender e cai no chão. Ele continua a agredi-la. O tempo do espancamento é fundamental: não pode ser curto demais, pois tem de incomodar, no limite do suportável, mas não pode ser longo demais para não se tornar de fato insuportável.[1] Leon cessa de bater em Melanie, que fica no chão, prostrada.

---

1 Referência visual: a cena da briga física entre Andreas e Anna no filme *A paixão de Ana* (1969), de Ingmar Bergman.

Sábias palavras de um Chihuahua 15

Sobe música, o Ofertório *do* Réquiem *de Fauré. Leon se afasta e caminha em direção ao leito de hospital. Luz da* UTI *sobe um pouco.*

Enquanto isso, Melanie vai se recompondo. Levanta--se lentamente, ajeita a roupa e os cabelos.

Leon senta-se na cama da UTI. *Tira os sapatos e despe--se. Um a um, fixa em seu peito cinco eletrodos ligados ao monitor de sinais vitais: dois na parte superior do peito, um à esquerda o outro à direita. Dois na parte inferior do peito, um à esquerda e outro à direita. E o último na parte central do peito. Leon veste uma camisola hospitalar e em seguida, liga o aparelho cujas luzes se acendem e começam a piscar no ritmo de seus batimentos cardíacos. Prende um acesso no braço com um esparadrapo e enfia o tubo de soro nele. Coloca o sensor de oximetria num dos dedos da mão. Deita-se e fecha os olhos. Luz da* UTI *cai.*

Paralelamente, luz sobe no apartamento de Melanie, mas não totalmente. A desordem torna-se visível. Ela vai para lá e procura seu roupão. Ajeita um pouco as coisas. A música cai um pouco (pouco depois da entrada do coro) e tem início a voz off, enquanto Melanie veste seu roupão que, macio e gasto, a envolve como uma segunda pele. Ela vai até a escrivaninha e senta-se em frente ao computador, cuja luz da tela ilumina seu rosto. Ela passa lentamente a mão no rosto como se quisesse limpar a máscara de desolação que parece não querer desgrudar. Está voltada para a plateia, olhando para um ponto além dela. Alguns gestos pontuam o texto, como, por exemplo, o punho que se fecha e depois sobe um pouco, como se

Melanie segurasse um punhal. Ela permanece sentada ali até o final da voz off.

MELANIE

(Off) Mas você não me bateu, não me espancou. Nunca tocou num fio de cabelo meu. Fez muito pior. Foi acabando comigo aos poucos. Deixei-me iludir por seu carinho afoito que tomei por gratidão diante do que nos acontecia... Um amor natural! Tardio e iluminado como na poesia de Drummond. Bênção talvez não merecida, e que por isso cuidaríamos com todo o desvelo que a maturidade finalmente permitia. Como pude acreditar que isto era possível? Como pude ser tão cretina?

Paciente como um tigre na tocaia, você esperou caírem minhas últimas defesas para cravar suas garras no meu coração. E me devorar... Mas antes, você me elevou alto, tão alto!... Até eu me perder de vista de mim mesma. Suspensa no ar, eu era quase uma santa! Ah, o êxtase que fazia de mim um anjo profano! Uma ninfa criada para te amar e te dar prazer... Alto! Mais alto! Sempre mais alto! Você me alçou ao ponto mais alto de um céu esplêndido, só para melhor mirar e me abater em pleno voo. E depois, ao me ver prostrada, optou pelo gesto mais cruel de todos: a omissão. Como pôde me negar a sua mão, quando me entreguei inteira a você? A sua mão... Retraída, virou um punho, um punhal, uma arma covarde que sempre adiava o golpe de misericórdia.

Não, você nunca me bateu. Não me chutou, nem me xingou. Sequer levantou a voz para mim. Me largou no

Sábias palavras de um Chihuahua 17

chão, espatifada, emporcalhada com meu próprio sangue. E ficou lá, fascinado com a grande obra trágica que fez de mim. Nunca pensei que fosse possível destruir alguém com tanta educação. Você poderia ter me batido. Se tivesse, eu teria despertado do encanto malsão que você exercia sobre mim. E eu teria entendido quem você era. E teria te deixado há muito tempo.

CENA 2

A que ponto chegamos?

Apartamento de Melanie. Música cai. Luz sobe. Celular tocando. Irritada, Melanie anda de um lado para o outro, a procura do aparelho. Acaba encontrando-o sob a bagunça da mesa da sala. Atende, esforçando-se para parecer animada.

MELANIE

Oi, tudo bem? *(Escuta)* O roteiro? Vai muito bem... O diretor falou, é? *(Escuta)* Mais personagens?? Ah... Pra dar conta do rico tecido social brasileiro... Sim, *eu sei* que são dez episódios. Acontece que hoje em dia há basicamente dois tipos de brasileiros/ *(Escuta)* Entendi... Não, hoje não vai dar pra passar na produtora. Estou de saída... Vou dar uma oficina do outro lado da cidade. De roteiro, ué. É, presencial. *(Escuta)* Eu sei, eu sei... Mas se ele não gostou, vou ter que mexer, concorda? Então vamos marcar essa reunião na semana que vem? Ou melhor, quando eu tiver feito as alterações que ele pediu. Pode ser?... Fala com ele! Só você sabe lidar com aquele ogro!

Sábias palavras de um Chihuahua 19

E vem cá, ele continua achando que é o Glauber Rocha?
(Gargalha) Combinado! Beijo.

Assim que desliga, Melanie murcha feito um suflê. Senta-se diante do computador. Ao lado dele há uma xícara de chá. Pega uma pasta com um monte de recortes de jornal. Lê alguns ao acaso.

MELANIE
"Médicos extraem pé de cérebro de bebê". Hmm, não. "Pênis de Rasputin é exposto em museu russo de erotismo". *(Surpresa)* Não posso acreditar que dona Kiki recortou isto! "Milionária se casa com golfinho em Israel"... "Caminhoneiro socorre mulher e vira seu noivo". *(Reflete)* Por que não? *(Separa o recorte)* "Mulher é morta pelo ex em pet shop de Moema". Hmmm...

Começa a digitar furiosamente. Enquanto digita, faz as vozes dos personagens:

MELANIE
(Voz feminina) "Maldito o dia em que fiquei sem gasolina na Marginal e você parou pra me socorrer! Teria sido melhor ficar lá, sozinha na chuva!" *(Voz masculina)* "Ô Angela, comigo o papo é reto: quero saber onde você estava ontem à noite!! *(Voz feminina)* "Olha aqui, Jonatas, esse seu ciúme doentio está passando dos limites! E pet shop não é lugar pra discutir relação!" *(Para de escrever abruptamente)* Que droga!

Pega a xícara com irritação. Toma um gole e faz uma careta, pois o chá está lá há horas.

MELANIE

Será que esse roteiro não vai desencantar nunca? Afinal de contas, quem é Jonatas? Quem é Angela? O que pensam? O que sentem? Comem o quê? Votam em quem?? *Preciso* fechar o primeiro episódio! *(Não muito convencida)* E os outros nove seguirão...

A campainha toca. É daquelas campainhas simpáticas, que fazem "ding-dong". O som alegre contrasta com a figura nada receptiva de Melanie. Ouve-se ao fundo o latido frenético de um cachorro de pequeno porte. Melanie congela, segurando a xícara e a respiração.

MELANIE

Ah, de novo não! Vai pra casa, minha senhora... *(Campainha toca de novo, insistente)* Vai dar comidinha pro seu chihuahua, que deve ser o último remanescente da raça! Pelo amor de Deus, dona Kiki... vai cuidar desse animal em extinção e me deixa em paz!!!

O cachorro continua latindo. Um papel é passado por debaixo da porta. Melanie pousa a xícara e vai catá-lo, na ponta dos pés. É uma página de jornal, com um post--it amarelo grudado nela. Melanie tira o post-it, que fica grudado num dedo da mão esquerda, e lê o jornal que segura com a mão direita.

Melanie

"Hoje à noite, Peppino di Capri se despede dos palcos brasileiros com um show na sala do Finsternis Tower Hall." Peppino di Capri? Não sabia que ele ainda estava vivo. Deve ser o champanhe. *(Lê o post-it grudado em seu dedo)*: "Vamos? Podemos ir no meu carro".

A campainha toca de novo, insistente. Melanie compreende que não tem escapatória. Atira o jornal e o post-it sobre a mesa, ajeita o roupão, respira fundo e abre a porta. Dona Kiki entra sem fazer cerimônia, segurando vários jornais, alguns já recortados.

Dona Kiki

Virgem Santa, Melanie! Estava quase indo buscar a chave que você me deu!

Melanie

Que eu *emprestei*. E é uma *chave-reserva*! Pra senhora usar só no caso de alguma emergência!

Dona Kiki

Justamente! Pensei que tinha acontecido alguma coisa com você. Está com uma carinha... Algum problema?

Melanie

Nenhum, fora o aluguel. Esse chega todo mês com pontualidade britânica!

Dona Kiki empurra louças sujas e esparrama os jornais sobre a mesa da sala.

DONA KIKI

Olha quanta notícia! *(Pega um dos recortes)* Essa eu nem posso ler na frente do Benito! Porque você sabe: ele entende *tudo*.

MELANIE

Tudo?

DONA KIKI

Tudo. Ouve só: "O mendigo Ananias Cruz foi internado depois de comer cachorros num terreno baldio. Os vizinhos disseram que ele matava, assava e comia os cães. Ele disse que não tinha alternativa porque estava com fome". A que ponto chegamos??

MELANIE

No ponto em que não tem mais volta.

DONA KIKI

Interessa? Posso guardar com os outros recortes que estou juntando pra você. Como você gosta de desgraça, hein, Melanie?

Sábias palavras de um Chihuahua 23

MELANIE

Gostar eu não gosto. Mas o jornal é uma espantosa vitrine da insanidade humana. E por tabela, uma fonte de inspiração. E já vem editado, internet não.

DONA KIKI

Não vivo sem meu jornal!

MELANIE

A senhora deve ser a última moradora do prédio que assina jornal impresso.

DONA KIKI

Eu tenho computador, sabia? Meu filho comprou um novo pra ele e me deu o velho.

MELANIE

Quanta consideração do Emanuel.

DONA KIKI

(Terna) Esse meu Manu... Mas eu só uso pra jogar paciência. Porque pra mim, jornal tem que ser de papel! Gosto de dobrar, virar as páginas... Mas só leio as notícias alegres. E o obituário, claro.

MELANIE

Claro.

DONA KIKI

Ah, e tem as palavras cruzadas! Meu dia não começa até eu fazer as palavras cruzadas. E depois, o jornal vira o banheirinho do Benito.

MELANIE

Os editores ficariam comovidos com o tanto de coisas que a senhora faz com o produto do trabalho deles.

DONA KIKI

Melanie, se eu insisti, é porque eu precisava saber se você quer ir ver o Peppino di Capri comigo. Eu ia com a Eva, mas a bursite dela piorou. E a Magda tem tido gases ultimamente. Está com trauma de lugares públicos, coitada. Aí, pensei em você, que anda meio sumidinha... Nem apareceu na última assembleia do condomínio...

MELANIE

Agradeço a lembrança, mas não vai dar. Como a senhora pode ver, estou atolada em trabalho.

Dona Kiki parece não querer ir embora. Pega um dos jornais que trouxe e mostra a Melanie. Benito late.

DONA KIKI

Olha só que horror! *(Lê com deleite)* "Arábia Saudita sofre com falta de carrascos. Depois de séculos decapitando seus condenados, a Arábia Saudita deverá atualizar seu sistema de execução". Esta notícia serve pro seu trabalho?

MELANIE
Ainda está meio distante da realidade brasileira. Mas do jeito que as coisas vão, nunca se sabe.

DONA KIKI
Como você é pessimista, hein? As coisas não estão tão ruins assim. Muito pelo contrário! Tenho certeza que daqui pra frente vão melhorar, e muito! Vamos finalmente ser uma grande nação!

MELANIE
Mussolini também achava possível ressuscitar o Império Romano depois de quinze séculos.

DONA KIKI
Meus avós tinham um retrato dele na parede! Ficava entre o crucifixo e o quadro de Besnate.

MELANIE
Do quê?

DONA KIKI
Besnate. A cidade deles na Itália.

MELANIE

Que eles devem ter sido obrigados a deixar por causa da guerra...

DONA KIKI

Ah, minha filha, você não sabe o que era a Itália naquele tempo. Era tanta corrupção, tanto desemprego, tanto comunista, anarquista, socialista... essa corja toda. E tudo isso muito antes da guerra!... O Duce devolveu o orgulho aos italianos!

MELANIE

Ah é? Como? Invadindo a Abissínia?

DONA KIKI

Ele tinha um olhar tão penetrante... Minha avó, a *nonna* Rosa, o achava tão viril... Ela me contou que de tanto olhar pro retrato, até sonhava com o Duce entrando no quarto dela à meia-noite! *(Dá uma risadinha pudica)*

MELANIE

Provavelmente com a bandeira italiana em riste! Excelente motivo pra se apoiar um déspota! Bom, sabemos como termina esse tipo de homem viril. Mas vamos mudar de assunto? A senhora aceita um chá?

DONA KIKI

Se for aquele de maçã com canela, aceito. Mas só posso ficar um minutinho, que o Benito não gosta quando o

Sábias palavras de um Chihuahua 27

deixo sozinho. Está ouvindo? *(Latidos ao fundo)* Ele sabe que estou aqui com você e morre de ciúmes.

MELANIE

(Fechando a porta com impaciência) Então quer dizer que a senhora entende o que ele fala, digo, late...

DONA KIKI

Tudinho!

MELANIE

Não repare na bagunça. Dispensei a faxineira.

DONA KIKI

(Reparando) E você limpa tudo sozinha?

Melanie pega a garrafa térmica e uma xícara que estão sobre a mesa. Verifica discretamente se a xícara está limpa.

MELANIE

Vou limpando um pouco todo dia. Um dia passo aspirador... no outro dou um tapa no banheiro... Mas fique sossegada: as xícaras eu lavo todos os dias.

DONA KIKI

Imagine, Melanie! Isto jamais passaria pela minha cabeça!

Melanie serve o chá enquanto Dona Kiki olha em volta dela.

DONA KIKI
Não tenho visto seu namorado ultimamente...

MELANIE
Pois é.

DONA KIKI
O Leon...

MELANIE
Açúcar ou adoçante?

DONA KIKI
Velhão, mas ainda dá um caldo...

MELANIE
A senhora só viu ele de longe.

DONA KIKI
Ah, isso é verdade. Porque ele sempre fugiu de mim feito o diabo da cruz! Pode ser diretor de teatro, pode ser famoso e tralalá, mas é um grosso! Pronto! Falei!

MELANIE
Não posso negar que ele é um ser arredio...

DONA KIKI
Sabia que eu assisti uma peça dele?

Surpresa de Melanie, que oferece a xícara à dona Kiki.

DONA KIKI
O Vitório ainda era vivo.

MELANIE
Tem certeza que era uma peça do Leon?

DONA KIKI
Absoluta! Ele estava no auge. Vivia dando entrevista... Fomos ver porque tinha aquela atriz... aquela que fazia novela, sabe? Como era mesmo nome dela?

Melanie faz cara de quem não tem a menor ideia. Dona Kiki insiste:

DONA KIKI
Aquela, que depois fez plástica e ficou assim? *(Faz uma careta, esticando a cara e fazendo beiço)*

MELANIE
(Irônica) Esse rosto não me é estranho.

DONA KIKI
Era tão bonitinha... O Vitório detestava novela, mas dessa atriz ele gostava. Quando ela aparecia na televisão,

ele ficava espiando como quem não quer nada... Os olhos vidrados nela!

MELANIE
Sei.

DONA KIKI
Então lá fomos nós, achando que a gente ia se divertir!

MELANIE
E não se divertiram?

DONA KIKI
Divertir?? Era uma história pavorosa! Se passava numa cidade onde as pessoas iam virando aquele bicho horrível!!

MELANIE
Bicho?

DONA KIKI
É!! Iam todos virando... Não era hipopótamo... Era... Era... rinoceronte! Isso! Iam virando rinocerontes! Um por um! Que ideia mais estapafúrdia, meu Deus...

MELANIE
Ora, mas essa peça é um clássico! Um texto tão inspirador... Um dos meus preferidos.

Sábias palavras de um Chihuahua 31

DONA KIKI

Só se for pra inspirar terror! O Vitório já não gostava muito dessa coisa de teatro. Depois disso, nunca mais quis ir. Nem dá pra culpá-lo, não é? Sabe o que eu acho? Que o Leon devia ter sido diretor de novela.

MELANIE

Não teria dado muito certo, pode crer.

DONA KIKI

Pelo menos ele teria te levado pra viver numa casa boa, com piscina, empregadas... Porque até onde eu sei, ele sempre se enfiou aqui no seu apartamento e na hora de te ajudar com as despesas... Estou enganada?

MELANIE

Não é bem assim, dona Kiki.

DONA KIKI

Afinal vocês vivem juntos ou não? Nunca entendi.

MELANIE

Eu também não.

DONA KIKI

Vira-mexe eu ouvia ele chamando o elevador de madrugada. Porque era ele, não era? Indo embora, não é?

MELANIE
Tem gente que não consegue ficar sem seu colchão, seu travesseiro... É como um... um urso de pelúcia!

DONA KIKI
Urso de pelúcia? Aquele velho?? Melanie, não quero me intrometer na sua vida, mas somos vizinhas há bastante tempo. E tenho idade pra ser sua mãe...

MELANIE
Imagine.

DONA KIKI
Deus me mandou só o Manu... Tadinho, nunca deu trabalho. Coleciona moedas desde pequenininho, sabia? Mas se eu tivesse tido uma filha, ela poderia ter sido... você!

Expressão de incredulidade de Melanie.

DONA KIKI
Não gosto de ver você assim, caidinha.

MELANIE
Agradeço a preocupação, mas meu único mal é falta de férias. *(Para ela mesma)* E inspiração.

DONA KIKI
Você é uma moça bonita, ainda tão jovem...

MELANIE
Nem tanto.

DONA KIKI
Mas ainda pode ter filhos! Você não gostaria de ter um bebezinho só seu pra cuidar?

MELANIE
Está vendo essas plantinhas? *(Aponta para os vasos de plantas mortas)* Nem o cactos sobreviveu. Sinceramente, não me vejo cuidando de uma criança.

DONA KIKI
Mas é claro! Você precisa de um homem do seu lado! E o Leon, uma hora aparece, depois te larga aí sozinha... Sabe o que eu acho?

MELANIE
Não, e/

DONA KIKI
Que você deveria sair um pouco. Aposto que se você saísse mais, além de encontrar um rapaz sério, você arrumaria um emprego de verdade!

MELANIE
(Ri sacodindo a cabeça) Este não é o momento de ir à balada, dona Kiki. Além do mais, a senhora também vive sozinha... Isto é, se não contarmos o Benito.

DONA KIKI

(De repente triste e cabisbaixa) É... Lá se vão doze anos que o Vitório morreu. Parece que foi ontem. Cheguei a ter raiva de Deus! Olha que pecado! Mas precisava levar meu maridão tão cedo? Ele me chamava de Raquel. Kiki é o apelido que meu irmão me deu quando eu era pequena. E pegou. Mas o Vitório nunca gostou. Dizia que era nome de menininha boba. (Pausa) Foi o Vitório que fez de mim uma mulher.

Melanie sem saber o que fazer com dona Kiki e sua súbita tristeza confessional. Latidos frenéticos retomam. De repente, dona Kiki dá um grito e Melanie sobressalta.

DONA KIKI

QUIETO BENITO! MAMÃE JÁ VAI!!!

Dona Kiki coloca a xícara de lado e vai abrindo a porta.

DONA KIKI

Tem certeza mesmo sobre o Peppino?

MELANIE

Pepino?

DONA KIKI

Di Capri!

MELANIE

Ah! O Peppino! Certeza absoluta.

DONA KIKI

Olha que ele não vai mais voltar! É a turnê de despedida.

MELANIE

Esse papo de turnê de despedida... Não será golpe de
marketing?

DONA KIKI

Peppino jamais faria uma coisa dessas!

MELANIE

Uma pena, mas vou perder esse show histórico. Depois
a senhora canta tudo pra mim.

*Dona Kiki ri e vai saindo quando para e volta atrás. La-
tidos cessam.*

DONA KIKI

Você não me contou porque o Leon sumiu. Quando vocês se desentendiam, ele sempre acabava voltando.
Mas desta vez está demorando...

MELANIE

Acontece que ele está no hospital. Pegou o maldito
vírus.

DONA KIKI
Misericórdia!

MELANIE
Portanto, como a senhora vê, esse vírus não é uma invenção do fantasma de Mao Tse-tung. Leon está na UTI e o estado dele é crítico.

DONA KIKI
Meu Pai do Céu... E só agora você me conta?

MELANIE
É pouco provável que ele volte a si. E se voltar, ninguém sabe em que condições estará. *(Aponta para a cabeça)*

DONA KIKI
E por que você não está lá? Com ele??

MELANIE
Porque estamos no meio de uma epidemia e não vou sair de casa à toa.

DONA KIKI
À toa? Mas ele pode morrer!

MELANIE
Não adianta. Não vou ao hospital e pronto. Além do mais, não nos falamos desde abril.

Sábias palavras de um Chihuahua 37

DONA KIKI
E que diferença isto faz numa hora dessas?

MELANIE
A verdade é que não estamos mais juntos. E desta vez eu decidi que não haveria volta. Nem queria ter sabido dessa doença, mas vi na internet. E amigos me ligaram avisando. A senhora não viu nada no jornal?

DONA KIKI
Não.

MELANIE
Devia estar na página que virou banheiro do Benito.

DONA KIKI
O Leon não é mais tão famoso assim. Se saiu, foi uma notinha desse tamaninho! *(Mostra com o indicador e o polegar um espaço mínimo)* Só acho que numa situação dessas as coisas mudam. Você *precisa* ir ver esse homem no hospital.

MELANIE
Eu não seria bem-vinda.

DONA KIKI
Claro que seria!

MELANIE

É... a filha dele. Nunca foi com minha cara.

DONA KIKI

Toda mocinha tem ciúmes do pai. É normal. Você podia tentar ser amiga dela. Levá-la ao shopping, tomar sorvete...

MELANIE

Acontece que a "mocinha" tem quase a minha idade. E fez de tudo pra detonar minha relação com o pai. E conseguiu. Ela não queria tanto o pai só pra ela? Pois bem, ela o tem. Que faça bom proveito. Pode brincar de enfermeira, carpideira, coveira, que o Leon agora é todinho dela: corpo, alma e vírus!

DONA KIKI

Você só pode estar falando da boca pra fora. Você está se roendo por dentro, não está? Afinal, quanto tempo vocês ficaram juntos?

MELANIE

Tempo demais.

DONA KIKI

Pode ser, mas agora você tem tempo de menos. Vai por mim. Eu sei o que é ver o homem que a gente ama morrer.

Sábias palavras de um Chihuahua 39

MELANIE

E se eu não amar?

DONA KIKI

Você tem o resto da vida pra pensar nisso. Agora, e se ele morrer? E você nem se despediu dele porque não quis ir ao hospital? Você vai aguentar viver com isso?

Luz cai no apartamento de Melanie. Sobe música, o Agnus Dei do Réquiem *de Fauré.*

CENA 3

Você tem mãos tão delicadas

UTI do hospital. Sobe luz. Leon deitado, ligado ao monitor de sinais vitais que emite um discreto som de bipe que acompanha a respiração dele durante toda a cena. Melanie sentada ao lado da cama, hirta, com a bolsa sobre os joelhos. Ela visivelmente não está à vontade. Música cai.

MELANIE
(*Perscrutando a cama hospitalar*) Quanto botão! Essa cama parece uma nave espacial. É... Este hospital é bom mesmo! Ainda bem que você tem plano de saúde. Já pensou se não tivesse? (*Pigarreia, procurando assunto*) Foi o Gabriel que me avisou que você estava aqui. Ligou super sem jeito. Esse é o problema com os amigos de um casal que se desfaz. A gente não sabe de que lado eles vão ficar. Eles relutam em escolher um lado. Mas no fim, escolhem. O Gabriel escolheu você. E outras pessoas também, que ainda esperam que você as chame pra trabalhar numa peça. (*Pausa*) Estou escrevendo um roteiro. Ainda não é aquele meu roteiro pra cinema. É o piloto de uma série meio xarope. Dez episódios. Se der certo, vai pagar o alu-

Sábias palavras de um Chihuahua 41

guel por um ano! A coisa não está fácil. Entre o governo que odeia cultura e a epidemia, tem um monte de gente largando tudo pra ir plantar alface no interior.

Nota que há algo no encosto da cadeira. Volta-se e vê que é um impermeável. Levanta-se e vai pendurá-lo num gancho enquanto diz:

MELANIE
Vi sua filha aí fora, no corredor. Não diria que foi simpática, mas pelo menos conseguiu me cumprimentar, antes de sair correndo como se eu fosse radioativa. Que casquinha de ferida essa moça, hein? E aquele noivo dela? Que fim levou?

O som de bipe acelera e fica mais forte, mas Melanie não repara e volta a sentar-se.

MELANIE
Devo admitir que ela é bonita. Um mulherão! Pena que estrague tudo com aquele azedume que ela destila feito um picles boiando na salmoura. Enfim, pelo menos você tem quem cuide de você neste momento. Sorte sua ela não ter se casado! Não falta muito pra ela fazer quarenta, não?

Bipe acelera, linha dos batimentos cardíacos também. Pensativa, Melanie não repara.

Melanie

Como era mesmo aquele poema do T. S. Eliot que você gostava? "Abril é o mais cruel dos meses, germina"... Não lembro mais do resto. Você lembra? *(Pausa)* Não nos víamos desde abril... Tentei substituir você por um gato, mas não deu muito certo. Não porque ele tinha mania de se mandar às três da manhã, o que, aliás, me lembrava muito você, mas porque o papo com ele era meio limitado. Tentei fazer dele um interlocutor, mas ele não curtiu muito. Ficou enfastiado. E batia o rabo no sofá pra lá e pra cá. Aí um dia ele se encheu e se mandou de vez. Foi viver com as moças do 21. *(Pausa. Olha para Leon)* O que vai ser de nós, Leon?

Bipe e batimentos cardíacos desaceleram. Melanie se emociona. Esboça um gesto de carinho, vai ajeitar uma mecha de cabelo de Leon, mas se contém.

Melanie

Nunca imaginei que você fosse pegar esse vírus. Eu achava que um dia você teria um acidente de carro. Do jeito que você dirige... De qualquer forma, não importa. Vírus, acidente... Nunca estamos preparados. Ou se a cabeça está, o coração não está. *(Os olhos enchem de lágrimas)* Mas você nunca suportou melodramas, então vou tentar me controlar! Você precisa lutar pra se recuperar. Você tem ainda tanto a fazer! Imagina, um artista como você...

Sábias palavras de um Chihuahua 43

E a sua montagem de *Godot*? Aquela que você sempre disse que ia fazer e nunca fez? De tanto esperar Godot, não montou! *(Ri)* Quem sabe não é o projeto ideal pra quando você sair daqui? A sua tão aguardada montagem de *Esperando Godot*! Onde Estragon e Vladimir seriam operários sentados num ponto de ônibus! Operários... A ideia é boa, muito boa. Você sempre teve sacadas ótimas! Mas, cá entre nós... O que sabe você de operários... Sempre pronto a cantarolar a *Internacional*, mas nunca foi capaz de trocar uma lâmpada sozinho... *(Olha para as mãos de Leon, como se quisesse tocá-las)* Você tem mãos tão delicadas... Mas basta olhar pra elas pra saber que operário, você definitivamente não é. Nunca sujou as próprias mãos... graças ao seu séquito de adoradores, que sempre poupou você das preocupações terrenas... pra que sua mente genial ficasse livre pra criar. Criar o quê, afinal? Qual foi a última vez que você fez algo com alguma relevância artística?

O som do bipe volta a acelerar, mas Melanie continua não reparando.

MELANIE

Você é inteligente, é culto... Isto nem se discute. Mas você não é um gênio. Sabe o que seria diferente? Se Estragon e Vladimir fossem os porteiros de um prédio da fina flor da burguesia. No bojo da qual, diga-se de passagem, você sempre viveu, como numa estufa bem quentinha... Eles ficariam o tempo todo na guarita, zelando por pessoas que eles nunca veem. Porque elas entram e saem da garagem em carrões com vidros fumês. Sempre fechados. E eles têm ordem expressa pra não sair da guarita! Que é a única perspectiva que eles têm do mundo. Nunca viram a cara de um só morador! Mas é essa gente que paga a eles um salário de miséria pra protegê-la de bandidos que nunca chegam. Godot seria um assaltante. O maior de todos! Um famoso e terrível bandido que Estragon e Vladimir esperam ansiosamente que chegue e meta um tiro na testa de todo mundo! A começar pelo síndico! *(Ri)* Gostou da minha ideia? Provavelmente não. Afinal, quando foi que você achou boa alguma ideia que eu tive? Ou alguma coisa que escrevi? Pena você não estar em condições de me descascar com aquele seu risinho condescendente... *(Estica o pescoço para olhar a porta)* Mas por onde andará sua filha?

Som do bipe vai ficando mais acelerado. Movimento das linhas do monitor se intensifica, subindo e descendo.

MELANIE

Não veio nos interromper uma única vez! Será que ela não se incomoda mais quando estamos só nós dois? A sós?

Bipe mais forte, linhas idem.

MELANIE

E o seu séquito? Não vi nenhum de seus puxa-sacos amestrados aí fora, no corredor... Hospital é mesmo a prova de fogo da lealdade!

Bipe a toda, linhas idem.

MELANIE

É, Leon... Acho que finalmente chegou a nossa vez. Agora, meu querido, é entre você e eu.

Sobe som do bipe. Melanie finalmente se dá conta dele e volta-se para o monitor. Ela fita as linhas de luz colorida subindo e descendo, como se tentasse decifrar um enigma. Sobe o Agnus Dei, retomando de onde tinha parado, ou um pouco mais adiante. Cai o som do bipe e apagam-se as linhas do monitor, ao mesmo tempo que cai a luz na UTI.

CENA 4

Afinal de contas, o que é que vocês querem?

Apartamento de Melanie. Luz sobe. Melanie de roupão, em frente ao computador, digita furiosamente. Para, pragueja, volta a digitar, pragueja mais. Para de digitar. Música cai.

MELANIE

Vai à merda Jonatas! E leva a Angela com você!! Nunca escrevi nada tão ruim! E nem posso rasgar em mil pedaços e jogar no lixo. Nem queimar! O computador nos tirou esse direito! Só nos resta deletar! Deletar... Isto lá é anteparo contra a mediocridade?

Luz cai um pouco. Sobe o Agnus Dei *do ponto onde tinha parado, não muito alto. Melanie digita mais um pouco e para. Rosto de Melanie iluminado pela luz da tela do computador. Beberica seu chá, fixando um ponto distante, além da tela quando começa a voz off:*

Sábias palavras de um Chihuahua 47

MELANIE

(Off) Deletar... Deletar quando seria preciso arrancar das palavras a mediocridade, a hipocrisia. E de nós, a autocomplacência. Pela raiz. Sem concessões. Escrever dói! Tem que doer! Pois palavras fundam o mundo! Dão forma ao pensamento, direcionam civilizações... São guardiãs da memória, sementes da poesia... Mas também deflagram guerras. Condenam inocentes, perpetuam mentiras e as espalham feito nuvem de gafanhotos. Palavras matam. "No princípio era o Verbo, e o Verbo estava com Deus, e o Verbo era Deus"... Pobre São João. Mal sabia ele o que a humanidade faria com o verbo...

Latidos frenéticos ao fundo sobem e tiram Melanie de seu estado meditativo. Música cai.

MELANIE

Esse cachorro precisa de um psiquiatra!

Som da campainha, insistente.

MELANIE

Bom, se eu vivesse com a dona Kiki, também precisaria...

Campainha continua. Irritada, Melanie vai abrir a porta. Dona Kiki entra, com jornais e recortes.

DONA KIKI

Bom dia, Melanie! E aí? Alguma novidade?

MELANIE

Nada de novo, fora o aluguel. O boleto chegou e vence sexta-feira que vem.

Benito late ao fundo. Irritada com os latidos, Melanie fecha a porta bruscamente.

DONA KIKI

Você foi visitar o Leon, não foi? Então? Não está se sentindo melhor?

MELANIE

Ainda não cheguei a uma conclusão.

DONA KIKI

Está sim que eu sei!

MELANIE

Que bom que pelo menos alguém sabe como eu me sinto.

DONA KIKI

E ele disse alguma coisa?

MELANIE

O médico disse que/

DONA KIKI
Não! *O Leon!*

MELANIE
Já expliquei que ele está inconsciente. Ou... como é mesmo o nome?... Ah! Estado minimamente consciente. Nem sei se ouve quando a gente fala com ele.

Empurra a bagunça e coloca os jornais sobre a mesa. Vai arrumando, separando recortes enquanto diz:

DONA KIKI
Claro que ouve! Você tem que voltar lá e conversar mais com ele!

MELANIE
E como foi o Peppino di Capri?

DONA KIKI
Quase tão bom quanto o Charles Aznavour.

MELANIE
Ora, e eu que achava que o Peppino reinava absoluto no seu coração.

DONA KIKI
Nada disso! Quando o Charles Aznavour morreu, foi como se eu tivesse ficado viúva pela segunda vez.

MELANIE
Não diga!

Para de organizar os recortes, repentinamente triste.

DONA KIKI
Quando me mudei pra cá, me senti feito uma árvore desenraizada. Da noite pro dia, me vi trancada num apartamentinho! Mas com a morte do Vitório, a casa tinha ficado grande demais pra mim, sozinha... E Chiquinha, a empregada, ainda mais velha que eu. Manu achou que não era seguro. A gente podia ser assaltada... Quem sabe até estuprada!

MELANIE
De fato, dona Kiki, tudo é possível.

DONA KIKI
Aposentei a Chiquinha, vendi a casa e vim parar aqui. Mas sabe o que foi mais estranho? Não foi sair da casa onde vivi com o Vitório minha vida toda. Foi morar num lugar que ele nunca conheceu.

MELANIE
A senhora trouxe seus móveis, não trouxe?

DONA KIKI
Aqueles que deu pra trazer. Muitos não couberam e tive que me desfazer deles. Foi aí que entendi o que meus

Sábias palavras de um Chihuahua 51

avós passaram quando emigraram. Trouxeram um baú, umas malas de roupas, o crucifixo da *nonna* Rosa...

MELANIE

A foto do Duce...

DONA KIKI

Bem que tentaram manter viva a lembrança da terra deles. A casa na Mooca era cheia de altarzinho de fotografias, de santinhos que os parentes mandavam... Um monte de bibelôs e toalhinhas bordadas que eles cuidavam como se fosse um tesouro. Ai de quem quebrasse um pratinho de porcelana pintada! Mas nada disso trazia de volta a vida de antes. Porque a gente não perde só as pessoas quando se muda. Perde a vida que a gente tinha com elas.

MELANIE

E uma nova vida começa...

DONA KIKI

Talvez no caso dos meus avós, que chegando aqui abriram um comércio, tiveram mais um filho, depois netos... Mas eu, na minha idade, o que tenho pra recomeçar? *(Pausa)* Quando vim pra cá, o Manu me deu o Benito. E ele me faz uma companhia danada. Quando fico triste, ele sente, sabe? E coloca a patinha em mim, assim, como se quisesse me abraçar. Ele fala com os olhinhos!

52 *Paola Prestes*

MELANIE
E o que ele diz?

DONA KIKI
Que é pra eu não ficar triste. Que esta vida é só uma passagem e que o Vitório está me esperando.

MELANIE
(Irônica) Quer dizer então que o Benito tem poderes mediúnicos?

DONA KIKI
Pode caçoar à vontade!

MELANIE
Imagina, dona Kiki. Acho o Benito mais articulado que muita gente que conheço. E se expressa de maneira inequívoca!

DONA KIKI
Eu sei que você não acredita em nada. Mas um dia, você vai ver. Você ainda vai ouvir a voz que vem do coração, nem que seja do coração de um animalzinho indefeso como o Benito!

Latidos enlouquecidos recomeçam ao longe.

MELANIE

Não parece tão indefeso... O Ramiel contou que ele avançou pro buldogue do rapaz do 73.

DONA KIKI

Que avançou pra ele antes! E o rapaz não fez nada pra segurar o Uriel!

MELANIE

Uriel?

DONA KIKI

É, aquele cachorro infernal.

MELANIE

Ah...

DONA KIKI

É dez vezes maior que o Benito! E aquele moço é um desocupado. Um maconheiro! Tem tatuagem até na batata da perna, onde já se viu uma coisa dessas?

MELANIE

Até onde sei, o Miguel é tatuador. É a profissão dele. Portanto, nada mais natural ele/

DONA KIKI

Profissão? Tenha a santa paciência! E o Ramiel devia cuidar da portaria e não da vida dos outros.

Latidos continuam ao fundo.

DONA KIKI

Se o Benito está nesse estado é porque ele sabe que estamos falando dele. E sabe que *você* não está falando coisas gentis sobre ele.

MELANIE

Ele sabe? Neste caso, talvez eu deva ir pedir desculpas a ele.

DONA KIKI

Ora, Melanie, você/

MELANIE

(Pegando alguns recortes de jornal) Vamos ver a quantas anda o mundo ultimamente? Ah, essa a senhora não vai gostar! *(Lê)* "Cristo pode ter morrido vítima de um coágulo".

DONA KIKI

Recortei pra você ver a que ponto chega a blasfêmia hoje em dia.

MELANIE

"Mecânico atendia como ginecologista. Foi preso em Indaiatuba".

DONA KIKI
Que horror!

MELANIE
Ué, foi a senhora que recortou. E esta: "Indenização por excesso de orgasmo: um ex-detento do presídio de Chocholow, na Polônia, pedirá ao Estado indenização por ter tido muitos orgasmos durante o cumprimento da pena. Durante anos ele teve de apertar o abdome contra uma máquina para fabricar lajes de concreto. 'As vibrações provocavam uma ejaculação a cada 30 minutos, então agora estou estéril', disse o ex-detento em carta enviada à direção do presídio".

Melanie não ri dessa notícia.

MELANIE
A senhora também recortou esta notícia.

Pausa. O tom da cena muda, mais rebaixado, com uma inesperada e incômoda proximidade entre as duas mulheres.

DONA KIKI
Você não sente falta do calor de um homem?

MELANIE
Como assim?

DONA KIKI

Você sabe. Do calor do corpo de um homem.

MELANIE

Não imaginava que a senhora pensasse nessas coisas.

DONA KIKI

(Sem jeito) Não estou falando do que você está pensando. Ou pensando no que você está falando ou... bem... Sim! Estou falando do que você está pensando. Mas não é só isso. Estou falando de adormecer sentindo o calor do corpo de um homem envolvendo a gente, como se...

MELANIE

... como se a gente mergulhasse nele, deixando o mundo pra trás...

DONA KIKI

Até os filhos. Parece que com o tempo, a saudade desse calor aumenta em vez de diminuir.

MELANIE

Acontece que esse calor tem um preço. Porque no dia seguinte a gente acorda e recomeçam as pequenas brutalidades, os desaforos, os abusos imperceptíveis. E os nem tão imperceptíveis. Então hoje, estou adorando me esparramar na cama! E não acordar no meio da noite tiritando de frio, porque a criatura ao meu lado se enrolou no cobertor feito um empadão!

Sábias palavras de um Chihuahua 57

DONA KIKI

É só usar dois cobertores. Um pra você e outro pra ele. Já tentou?

MELANIE

Ah, como as mulheres são boas em encontrar soluções que evitam confrontos! Se não ganham tanto quanto os homens, conseguem um bônus por bom comportamento no fim do ano. E se não ocupam tantos cargos políticos, se contentam em influenciar seus maridos deputados, ministros...

DONA KIKI

Calma, Melanie!

MELANIE

E se acham muito espertas!

DONA KIKI

Só quis te contar um truque que comigo sempre funcionou muito bem.

MELANIE

Pois comigo o que funciona é não precisar discutir as coisas mais ínfimas como se fossem decisões estratégicas. Se vamos comer pizza com linguiça calabresa ou escarola... Se vamos almoçar com a mãe dele ou com meu irmão... Na verdade *são* decisões estratégicas. Pois delas dependem os centímetros quadrados de território que uma mulher ganha ou perde diariamente numa relação. Que glória não depender do calor do corpo de um homem pra adormecer! Que alívio eu finalmente me bastar!

DONA KIKI
Você diz isto porque sabe que bota um homem na sua cama quando quiser. Daqui a pouco você enjoa de ficar rolando sozinha na cama e num piscar de olhos arruma um homem pra dormir com você. Eu não! Nunca mais! Então aproveita enquanto pode.

MELANIE
Nossa, dona Kiki! Parece que a senhora está falando de um aquecedor! E não concordo que seja assim tão fácil. Porque quando esse calor vem de um corpo grudado à cabeça de um imbecil, a gente acaba se queimando! Prefiro congelar sozinha.

DONA KIKI
Pelo menos você não tem que aguentar gente fazendo... fazendo...

Olhar de interrogação de Melanie.

DONA KIKI
Fazendo fúqui-fúqui em cima e em baixo de você! *(Aponta para o teto e para o chão)*

Sábias palavras de um Chihuahua 59

MELANIE

Fazendo o quê?? *(Cai na gargalhada)*

DONA KIKI

Não me obrigue a repetir! Os de cima compraram o apartamento quando se casaram. *Há menos de um ano*, compreende? Os de baixo divorciaram e ele ficou com o apartamento. Desde então troca de namorada toda semana!

MELANIE

Que animação! Santo Viagra!

DONA KIKI

A coisa é séria! Tem noite que é em cima e em baixo ao mesmo tempo! E eu no meio feito uma fatia de mortadela! Teve uma noite que os de cima estavam lá... lá... lá...

MELANIE

Deixe-me ajudá-la: fazendo fúqui-fúqui.

DONA KIKI

Isso! De repente ela grita: "No cu não!!"

MELANIE

E o que a senhora fez? Chamou os bombeiros? A desentupidora?

DONA KIKI
Ele deve ter insistido porque ela gritou de novo, mais alto: "No cu nãããããão!!!". Você não sabe a aflição que me deu. Tão mocinha, coitada.

MELANIE
Vai me dizer que seu marido...

DONA KIKI
O Vitório??

MELANIE
Nunca tentou... com a senhora...

DONA KIKI
Nunca tentou o quê??

MELANIE
Um fúqui-fúqui pela porta dos fundos...

DONA KIKI
(Indignada) Minha filha, eu nunca sequer vi o Vitório pelado!

Cara de espanto de Melanie.

DONA KIKI
Não nos mínimos detalhes, ora!

MELANIE
Mas ele deve ter visto a senhora...

DONA KIKI
Viu.

MELANIE
Nos mínimos detalhes...

DONA KIKI
Viu, e daí?

MELANIE
Nada como reciprocidade diplomática!

DONA KIKI
Você não entende! *Vocês* jovens não entendem! Eu
não precisava ver o Vitório pelado pra gostar de estar
na cama com ele. E a gente não precisava fazer coisas
esquisitas pra se entender.

MELANIE
Às vezes os homens procuram fora o que não têm
dentro de casa...

DONA KIKI
Fale por você! Tão segura de si, não é, Melanie?

MELANIE

Do que a senhora está falando?

DONA KIKI

De nada! Estou falando de mim! Comigo isto nunca aconteceu. Nunca! Porque com o Vitório, eu não era Kiki! Eu era Raquel! Eu fui mulher com ele! E sei que ele foi feliz comigo. *Eu* o fiz feliz. Sem precisar de nada disso que vocês precisam. Aliás, não entendo o que vocês tanto precisam! Vivem deprimidos! É depressão pra cá, remédio pra lá... Vivem fazendo terapia. Estão sempre se lamentando quando estão com alguém. E quando estão sozinhos, se lamentam também. Afinal de contas, o que é que vocês querem??

Luz cai no apartamento, com exceção de um foco de luz sobre Melanie. Dona Kiki sai. Sobe música, o In paradisum *do* Réquiem *de Fauré. Começa voz off. *O texto é dito como um poema em prosa: na primeira parte, ainda contido. Na segunda, que continua na cena seguinte, expressando o êxtase amoroso de Melanie com Leon. Refletor fechado sobre Melanie.*

MELANIE

(Off) Nunca me importei com o fato de você ser velho. Mas confesso que pensei nisso quando te conheci. Uma noite, fomos jantar e depois você me pediu uma carona. No dia seguinte, notei um fio de cabelo no banco do passageiro. Branco como gelo. Cabelo branco humano não

Sábias palavras de um Chihuahua 63

é como o de um gato ou de um cachorro: é sinuoso, tem mais brilho... Deixei o fio de cabelo lá por uma semana, reluzindo feito prata sobre o veludo sintético. Toda vez que eu parava no sinal, olhava para aquele fio de cabelo e me perguntava: "É isto mesmo que você quer? Quando você finalmente criou um pouco de juízo, vai se meter com um homem que tem direito à fila preferencial? Que tem pressão alta? Barriga??

Eu tinha medo do seu corpo.

Luz cai. Música continua.

CENA 5

Uma mulher não pode culpar um homem por ele não conseguir mais ficar de pau duro

UTI *do hospital. Sobe luz, mas não completamente. Música continua e, depois de uma breve pausa, voz off retoma. Leon deitado, na mesma situação da cena 3. Melanie em pé, olha ternamente para Leon. Deixa a bolsa por ali, tira seu casaco e senta ao lado da cama. Foco de luz no rosto de Melanie. Desta vez ela está à vontade. Tom da voz off vai crescendo junto com a música. Ao final, vai caindo, também junto com a música, fazendo um paralelo com uma relação sexual. O tempo todo Melanie olha para Leon amorosamente, até o final da voz off, e até o final da música, que se estende alguns segundos além da voz off.*

MELANIE

(Off) Passada a perplexidade da primeira vez em que vi seu corpo nu, descobrimos uma afinidade física que foi se tornando um desejo inesgotável, uma dependência mútua, um vício. Um amor palpável. O sexo era amor, e o amor era sexo. Seu sexo era meu sexo, e meu sexo era seu sexo. Eu amava sua pele, seus pelos, suas mãos, sua voz...

Sábias palavras de um Chihuahua 65

seus cabelos brancos como gelo... o calor do seu corpo no qual eu mergulhava deixando o mundo para trás... Amava seu cheiro... nosso cheiro que se misturava e ia tomando conta do quarto, nos embriagando ainda mais!

E tudo isso entrelaçado pela paixão que compartilhávamos pela literatura, o teatro, a música, o cinema... Pela certeza absoluta que só a arte podia dar algum sentido à nossa existência. E o sexo! Mas do jeito que nós fazíamos. Tínhamos conversas magníficas. E ríamos, ríamos muito! Deitados um ao lado do outro, exaustos feito duas crianças loucas que teriam fugido de casa sem levar nada. Nem mesmo suas roupas.

Até que durou, não foi? Foram anos de trepadas fantásticas. Anos de uma cumplicidade e de um amor que eu jurava que jamais teriam fim...

Fim da música. Luz da UTI sobe. Desaparece o olhar amoroso de Melanie, cujo rosto retoma a expressão habitual, dura e distante. Som de bipe discreto.

MELANIE

Cometi um erro gravíssimo. Fui pra cama com um ex-namorado. Não foi mais grave que o erro do mês passado, quando marquei um encontro com um cara que conheci num aplicativo. Ele me aparece com seu mapa astral. Dezessete páginas sobre a lua em capricórnio, peixes na segunda casa e o caralho a quatro no meio do céu. Nunca tinha conhecido um homem com manual de instruções. Tudo lá, explicadinho: personalidade, temperamento... Ele me garantiu que eu encontraria naquelas dezessete páginas tudo que eu precisava saber sobre ele. E decretou que só se relacionaria comigo se fizéssemos nossa sinastria. *(Olha para Leon)* Você não sabe o que é isto? Eu também não. Mas soou... sinistro. Me mandei antes que ele sacasse o tarô e o incenso de patchouli. *(Pausa rápida)* O cara do mês retrasado foi pior, também gerado e parido num aplicativo de encontros. Com esse cheguei às vias de fato.

Expressão de desconforto de Leon. Melanie olha para ele.

MELANIE
   Sim, existe vida sexual depois de você, coração.

Leve aceleração do bipe, mas ainda quase imperceptível.

MELANIE
   Lá pela quarta ou quinta transa, o que em se tratando de relacionamento de aplicativo é praticamente um noivado, ele chega todo pimpão, dizendo que tinha um presente pra mim. Sabe o que era?

Rosto de Leon contraído.

MELANIE
   Um plugue anal!

Leon estremece, batimentos cardíacos aceleram.

Sábias palavras de um Chihuahua 67

MELANIE

Também não sabe o que é? Não há vergonha nisso. Eu também não sabia. Mas enfim, você pode imaginar o que é, não pode? Um plugue, entende? *(Gesticula como se ligasse algo numa tomada)* Como uma... uma rolha! Só que vai... adivinha aonde? Pois é. Eu crente que ia ganhar um livro de poesias... ou uma vela perfumada... Ganhei um plugue anal. Argumentei que o plugue ficaria melhor nele. Mas ele, muito cavalheiro, fez questão que eu ficasse com o mimo. Pra eu ir me acostumando. Não me acostumei. Muito apropriadamente, mandei-o enfiar o plugue no cu e cair fora.

Bipe vai ficando mais intenso, linhas do monitor também. Leon levemente ofegante.

MELANIE

Ah, teve também um rápido episódio com o Samuel. É, ele mesmo. Seu fiel assistente e capacho-mor. Quando soube do nosso rompimento, apareceu. Disse que queria saber como eu estava. Ficou enrolando... contou que sonhava ser fotógrafo. Eu lá me perguntando o que eu tinha que ver com isso. Finalmente chegou onde queria. Queria fazer um ensaio fotográfico comigo. Eu, nua, claro. Nu artístico! Ficaria entre nós, ele disse. Francamente... Inventar uma desculpa dessas pra aplacar sua inveja do pênis. Do *seu* pênis. Do pênis do grande diretor que me comia. Sim, porque quem tem inveja do pênis não são as mulheres. São os homens. Dos outros homens!

Mais poderosos ou bem-sucedidos. Quanta estupidez. E me usar pra isso. Sabe o que mais ofende? Essa cascata de que sempre sonhou em "fazer arte" com meu corpo. Que arte, porra?? Quer é fazer sacanagem com a mulher do chefe, pra ver se o pau dele fica maior! Pelo menos na cabeça dele!

Leon ofegante, em sofrimento. Permanece assim, acuado ao longo de toda a descrição que Melanie faz de suas aventuras sexuais.

MELANIE

Acho que foi por causa desses episódios porno-astrológicos que acabei ligando pro Rafael. Meu ex. Não o via há anos. Deixei de ver muita gente depois que te conheci.

Ele não mudou muito. Continua bonzinho e profundamente entediante. Ainda fala horas a respeito de nada. Ou de si próprio, o que dá na mesma. Pelo menos, a gente não precisa de manual de instruções com ex. Já conhece todos os defeitos, as chatices... Sem surpresas desagradáveis... nem plugues. O que não quer dizer que seja agradável. Só não é *desagradável*. E nem precisa fazer progressão astral. Porque a gente já sabe que progredir, a coisa não vai mesmo. E conheço o Rafael há tanto tempo... Sempre com aquela carinha corada... como se tivesse acabado de sair de um buraco na neve!

Mas foi um erro. Esses flashbacks sempre são. A gente fala, "Pô, legal te ver, hein? Você está ótimo! Pensei muito em você esses anos todos!" Mas na verdade, não pensa-

Sábias palavras de um Chihuahua 69

mos. Só ligamos porque estávamos nos sentindo um lixo. Sozinhas pra burro. E queríamos saber se ainda éramos capazes de atrair alguém pra nossa depauperada cama. Uma aranha atraindo uma mosca pra sua teia não seria mais filha da puta que a gente. E se o ex-namorado também estiver se sentindo meio sozinho e começando a ficar careca, acaba vindo.

E o Rafael veio. Trouxe uma garrafa de vinho barato, o que lhe resta de cabelo, e a foto do filho de dois anos que fez com uma amiga. Porque, explicou, queria viver a experiência da paternidade sem criar vínculos desnecessários com a mãe da criança. Usou esse adjetivo: "desnecessários". Quando o vi lá, parado na porta, pensei: mais fácil o vinho barato melhorar com o tempo que o Rafael. Fomos direto pra cama. Pra que perder tempo reencenando a sedução, não é? Se eu fosse definir o sexo com o Rafael, diria que é sexo vegano. No dia seguinte, ele já tinha retomado os velhos hábitos. Deixou um pentelho no sabonete, a louça suja na pia à espera da fadinha do lar, e correu contar pra sua terapeuta a nossa "volta".

Não liguei mais pro Rafael. Nem retornei suas mensagens, cheias de coraçõezinhos. Não tive vontade. Sabe por quê? Porque não sinto falta de sexo: sinto falta de sexo *bom*. Como nós tínhamos. Mas você tirou isto de nós. De mim. E esses horrores que eu tenho passado, não são só coisas da vida não. São *culpa sua*. Mas, pelo menos, cerimônia eu não faço. O sexo pode não ser sempre uma maravilha, mas eu escolho quem vai ficar lá, arfando em cima mim. Fazer sexo por educação, nem pensar! Ou por pena. Não mais. *(Pausa)* Com você também chegou o dia em que o sexo não era mais tão bom.

Bipe acelera, luz dos batimentos cardíacos também.

MELANIE

Mas eu lá me queixei alguma vez? Fala a verdade! Só sei que nossas transas foram virando uma via crucis. Quando na verdade quem estava tendo dificuldade em erguer *(Ilustra com um gesto obsceno)* e carregar *(Outro gesto obsceno)* a cruz era você! Não eu! Eu era uma Maria Madalena em toda sua glória! Feliz como uma gata no cio! E é por isso que conversar é tão importante. *Falar* um com o outro. Porque quando o sexo murcha, é a conversa que segura a marimba, meu caro! E mesmo se não murchasse... Sim, porque, faça as contas... *(Pega sua bolsa)* Se um casal ficar junto, digamos... *(Procura o celular na bolsa enquanto fala)* Dez anos. Olha como eu sou otimista! Se ele transar... *(Acha o aparelho)* duas vezes por semana, o que é uma média ótima, diria até excelente... Um momento... Cadê a calculadora desse troço? *(Mexendo no celular)* Ah! Achei! Onde estávamos mesmo? Ah! E se uma transa durar cerca de meia-hora... Note que continuo otimista!... Isto dá uma hora por semana, o que dá... 52 horas por ano, o que dá... *(Calcula)* 520 horas de sexo em dez anos!

Já conversar... Se incluirmos desde assuntos corriqueiros do dia a dia, trabalho, dinheiro, filhos, fofocas, DRs, brigas... um casal conversa... uma, duas, três horas por dia? Sendo mais uma vez otimista, digamos três. O que dá... *(Calcula)* 21 horas por semana. Ou seja, praticamente um dia inteiro de conversa por semana, o que dá... *(Calcula)* 1.092 horas em um ano apenas!! Em dez anos isto representa... *(Calcula)* 10.920 horas!!! Portanto, um casal conversa... *(Calcula)* Vinte vezes mais que trepa!

Melanie estupefata com o resultado de seus cálculos. Expressão tensa de Leon.

MELANIE

Jamais perdoarei você por ter matado nossas conversas. E como acabei de provar, minha raiva é matematicamente justificada. *(Guarda o celular de volta na bolsa)* Uma mulher não pode culpar um homem por ele não conseguir mais ficar de pau duro. Nem por ele não conseguir gozar como quando se conheceram. Mas deixar de conversar... É a pá de cal no tesão. No tesão da relação como um todo, percebe?

Um dia começou a sabotagem. Você passou a evitar certos assuntos, contornar outros... E abriu a porteira pra banalidade. Viramos um casal qualquer. Daqueles que saem pra jantar fora e só abrem a boca pra dizer: "Me passa o sal?". E por quê? Porque sua filha tinha descoberto que eu existia. E eu, descobri que tinha me apaixonado por um homem de sessenta anos que namorava escondido da filha.

Expressão de Leon cada vez mais tensa. Ele tem alguns pequenos tremores. Melanie observa, mas prossegue:

MELANIE
Ela farejou que papai estava conseguindo ser feliz sem sua princesinha. E com a desculpa que não encontrava apartamento pra alugar, se instalou na sua casa. Não tivemos mais um minuto de paz. Eu não podia mais ir a sua casa, e você não conseguia passar uma noite comigo tranquilamente. Porque uma hora ela estava com dor de barriga, na outra com dor no pé... Parecia um bebê com cólicas! *(Pausa rápida)* Uma vez você passou dez dias no meu apartamento. Você deve lembrar. Não faz tanto tempo assim...

Leon agitado, batimentos cardíacos acelerados.

MELANIE
Porque sua filha tinha brigado com você. E expulsado você. Do *seu* apartamento!! Mas essa vez nem conta, porque eu tinha uma oficina de roteiro no Rio e fiquei fora a semana toda.

Leon treme, ofegante, bipe a toda.

MELANIE
Ela está aí, no corredor. Cérbero vigiando sua porta. Sempre com aquele inconfundível "bom gosto" pra se vestir. Está usando um impermeável verde. Vai saber

porquê. Não está chovendo! Não sei se é verde coentro...
ou verde inveja... Ah, já sei! É verde picles! Pra combinar
com a alcaparra que ela tem no lugar do coração. Nunca entendi porque tanto ressentimento. Afinal, jamais me
meti nos seus assuntos de família.

*Leon agitado, monitor de sinais vitais acompanha a agi-
tação Melanie olha para o monitor, mas continua:*

Melanie
Pelo visto, você não concorda.

*Bipe acelerado, mais agudo. Melanie se inclina para olhar
o monitor mais de perto e diz friamente:*

Melanie
Quer que eu chame a enfermagem?

*Ela compreende que Leon reage, e sobretudo sofre com
o que ela diz. Isto não parece perturbá-la, pelo contrário.
Prossegue, num tom mais cruel:*

Melanie
Tem outra coisa que eu nunca entendi. Você sempre
fez questão de dizer que o que nós fazíamos era *foder*.
Não fazer amor! Então, Leon, desembucha! Pra quem
você guardou isso? Com quem você fez amorzinho?

Leon ofegante, abre e fecha a boca como um peixe em agonia.

MELANIE

Com quem?? Com a santíssima mãe de seus filhos? Com a ninfeta de quarenta quilos que você comia antes de me conhecer?

Bipe agudíssimo. Linhas do monitor sobem e descem num desespero gráfico.

MELANIE

Tenho chorado muito desde abril. *(Reflete)* Como é mesmo aquele poema do Eliot? "Abril é o mais cruel dos meses, germina/ Lilases da terra morta, mistura/ Memória e desejo"... *(Pausa. Olha para Leon)* E ainda choro, à toa. Nem motivo há mais. Quer dizer, nenhum em especial. Só uma vaga tristeza. Porque não consigo pensar em nada mais triste que o que nos aconteceu. Porque se você acha que foi triste perdermos o sexo, pois bem, foi. Mas perder a cumplicidade, a liberdade de falar um com o outro foi muito pior. Foi uma tragédia.

Sobe o Agnus Dei, parte final. Leon crispado, arfante. Ele abre os olhos por um instante. Melanie o olha, com uma curiosidade fria. Luz cai na UTI.

CENA 6

Só pode ser maldição de Atahualpa, o último Sapa Inca

Apartamento de Melanie. Luz sobe. Melanie está ao celular, de roupão, em pé, no meio da sala. Música cai. Ouvem-se latidos enlouquecidos de dois cachorros: latidos agudos de Benito, e latidos guturais de outro cachorro maior, Uriel. Melanie fala alto, praticamente aos gritos.

MELANIE
O roteiro? Está indo de vento em popa! Quando? Ah... Prefiro mostrar quando estiver mais amarrado. *(Escuta)* Claro que está! Amarradíssimo! Mas você sabe que eu sou perfeccionista! *(Latidos frenéticos)* Olha, não está dando pra falar agora. Está ouvindo? *(Levanta o celular em direção à porta. Fica assim por alguns segundos)* Não! Claro que essas pragas não são minhas! Te ligo, tá? Sim, sim... Tá, tá, antes do final de semana. *(Desliga o celular e vai até a porta, puta da vida)* Mas o que deu nesse chihuahua com complexo de tiranossauro?? Se meteu de novo numa briga com o Uriel?!

Abre a porta e grita por cima dos latidos.

Sábias palavras de um Chihuahua 77

MELANIE

QUE FUZARCA É ESSA, PORRA?? OU VOCÊS FAZEM ES-
SES CÃES DANADOS CALAREM A BOCA OU EU CHAMO A
POLÍCIA!!

Melanie espera os latidos diminuírem, até cessarem. Vai fechando a porta quando dona Kiki chega esbaforida, segurando jornais e recortes que vão caindo pelo chão.

DONA KIKI

Polícia?? Você sempre exagerada, né, Melanie? *(Esparrama os recortes sobre a mesa)*

MELANIE

Ué, não foi a senhora que chamou a polícia outro dia porque um morador de rua se recostou na grade do prédio por dez minutos?

DONA KIKI

Dez minutos que iam virar dez dias, depois dez semanas, e depois dez meses se eu não chamasse! Porque essa gente é assim! Um dia se recosta, daí a pouco aparecem umas quentinhas, depois um colchonete... No dia seguinte uma barraquinha... E a coisa está ficando internacional!

MELANIE

Não diga.

DONA KIKI

Digo sim. Já viu o que tem de gente esquisita no centro da cidade? Segunda-feira fui no Poupatempo e vi um africano de dois metros de altura! Palavra de honra! Nunca tinha visto um homem tão alto! Nem um preto tão preto! Todo vestido com aquelas roupas coloridas...

MELANIE

Talvez fosse haitiano. Em todo caso, ser haitiano, africano, preto ou muçulmano não faz dele um morador de rua. Muito menos um bandido. E seus avós não eram imigrantes também? E os bisavós do seu finado marido?

DONA KIKI

Ah, não dá pra comparar!

MELANIE

E por que não? Não tem um monte de gente que ainda acha que italiano é tudo mafioso?

DONA KIKI

(Ofendida) Que bobagem! Agora, e se o Estado Islâmico começar a explodir bombas aqui no Brasil? Já pensou?

MELANIE

Não se preocupe, dona Kiki. Quem vai acabar com o Ocidente é a burguesia bem-pensante, com suas certezas inabaláveis! E sua compulsão por celulares e carros que

Sábias palavras de um Chihuahua 79

ocupam duas vagas de estacionamento. Não o Estado Islâmico. *(Impaciente)* Me desculpa, mas preciso mesmo trabalhar.

DONA KIKI
Já tranquei o Benito em casa. Ele está lá quietinho! Não posso fazer nada se o maconheiro do 73 não prende aquele monstro pavoroso!!

MELANIE
Olha a calúnia, dona Kiki!

DONA KIKI
O que é que eu posso fazer se o cachorro é feio?

MELANIE
Não me referia ao cachorro.

DONA KIKI
Ah, o maconheiro?

MELANIE
Sim, o Miguel.

DONA KIKI
Calúnia nada! Todo dia, quando dá cinco da tarde, o cheiro daquela porcaria começa a entrar pelo vitrô da cozinha. Se ele quer fumar essas coisas, pouco se me dá!

Só peço que ele e aquele buldogue dele deixem o Benito em paz!

MELANIE
Lamento que o Benito tenha que passar por esse estresse toda vez que sai pra fazer xixi. Mas me parece que ele provoca o Uriel... Invade o território dele...

DONA KIKI
Isto sim é calúnia! Benito é amistoso por natureza. Quando late, só está dizendo ao Uriel que quer brincar com ele. Aliás, Benito é amigo de todo mundo!

MELANIE
Menos do Uriel.

DONA KIKI
Você precisa ver como ele cativa a todos... Consegue arrancar um sorriso até das pessoas mais carrancudas!

MELANIE
Acontece que o Benito tem a vida ganha, enquanto o prazo pra entregar meu roteiro está acabando. E até o momento a trama tem a consistência de uma gelatina de abacaxi.

DONA KIKI
É mesmo tão complicado escrever essas coisas?

Sábias palavras de um Chihuahua 81

Melanie

Se sem cachorro latindo é difícil, imagine com.

Dona Kiki

Sinto muito. Mas é tudo culpa do Uriel. Benito não o *suporta*!

Melanie

Só porque ele é parecido com o Churchill?

Dona Kiki

Aquele cachorro é um horror! Além de feio, ele baba. E fede!

Melanie

Pode ser os charutos...

Dona Kiki

Você nunca me leva a sério, não é?

Melanie examina os recortes enquanto fala:

Melanie

A não ser que seja o Uriel que fuma becks... e o Miguel charutos! Por que a senhora não vai lá e pergunta quem fuma o quê?

DONA KIKI

E eu ainda venho aqui trazer recortes de jornal pra você! É muita ingratidão da sua parte. Animais são como seres humanos: tem os que prestam e o que não prestam.

MELANIE

E o buldogue feio e fedido do maconheiro não presta, certo? Mas veja só. *(Pega um recorte)* Nem todo animal tabagista é um sacripanta. *(Lê)* "Após dezesseis anos, a chimpanzé Lin Bing conseguiu largar o vício de fumar, graças ao apoio dos funcionários do zoológico de Xian, na China, onde vive. O tabagismo estava deteriorando sua saúde. Lin Bing começou a fumar depois da morte de seu companheiro, e piorou depois que sua filha foi transferida para o zoológico de Shenzhen."

DONA KIKI

Não é de partir o coração?

Cara de tédio de Melanie.

DONA KIKI

Você não se comove mesmo com nada?

MELANIE

Sou do tipo que chora por dentro.

DONA KIKI

(Aponta para o computador sobre escrivaninha) E cadê esse roteiro que não desencanta?

MELANIE

Por aí, provavelmente refém de alguma musa que eu destratei no passado, quando eu ainda acreditava ser um gênio.

DONA KIKI

(Aproxima-se da tela do computador) E isso aí? É o quê?

MELANIE

Um vídeo de gatinho.

DONA KIKI

Você assiste vídeo de gatinho??

MELANIE

Pra relaxar. Gatinho é fofinho e não late. Nem fuma.

DONA KIKI

Ah, eu sempre soube que no fundo você não é esse porco-espinho que você faz tanta questão de aparentar. Está vendo o bem que os animais fazem?

MELANIE

E o que andam fazendo os humanos enquanto isso? *(Pega um dos recortes e lê)* "Igreja estaria usando o Alasca para exilar padres pedófilos".

DONA KIKI

Pra algum lugar eles têm que ir, não? *(Revira os recortes)* Mas onde está aquela notícia?... Achei! *(Lê)* "Sanduíche sagrado: em leilão virtual, o cassino Golden Palace, em Lima, comprou por 28 mil dólares um sanduíche de queijo tostado que dizem mostrar o rosto da Virgem Maria. Ele foi feito há dez anos e até hoje não se deteriorou". *(Mostra para Melanie)* Olha só a carinha da Virgem!

MELANIE

Parece mais uma fatia de pizza de frango com catupiry. Ou a superfície de Marte.

DONA KIKI

Quanta insensibilidade, Melanie!

MELANIE

Não é insensibilidade: é química. Esse queijo deve ter sido feito com moléculas de plástico. E sabe o que eu acho? Essa Virgem fossilizada num sanduíche de queijo, exposta no lobby de um cassino peruano... Isto só pode ser maldição de Atahualpa, o último Sapa Inca!

Sábias palavras de um Chihuahua 85

DONA KIKI

Não conhecia esse nome do maligno. *(Benze-se)*

MELANIE

(Examinando recortes) Em se tratando de humanidade, o céu é o limite... ou o inferno... *(Lê)* "Sucesso e escândalo musical: A banda alemã Nibelungos do Apocalipse lança música inspirada no caso macabro de Helmut Wolff, mais conhecido como o canibal de Dresden, condenado por matar, esquartejar e devorar rapazes que atraia pela internet. Acompanhada de guitarras elétricas, a letra diz: 'Hoje vou me encontrar com um senhor que quer me devorar. No cardápio há partes macias e duras'."

DONA KIKI

Basta!

MELANIE

"E segue-se o estribilho: 'Tu és o que comes'."

DONA KIKI

Não quero ouvir essas coisas!

MELANIE

A senhora recortou.

DONA KIKI

Não recortei nada disso! A notícia que eu recortei está no verso!

Arranca o recorte das mãos de Melanie e o vira. Lê:

DONA KIKI
"Aposentada que baleou ladrão será homenageada: Zenaide da Conceição, de 72 anos, receberá uma medalha dos vereadores do Rio. A idosa havia saído de casa para passear com Sandy, sua cachorrinha de estimação, levando o revólver da filha na bolsa. Ao ser abordada por um ladrão, atirou no homem que, ferido, foi preso."

MELANIE
Que notícia animadora! Enche o coração de esperança no futuro do Brasil! Porque não lê o resto?

DONA KIKI
(Com má vontade) "A idosa acabou autuada por porte ilegal de arma e lesão corporal. Responde em liberdade."

MELANIE
Espero que a senhora não tenha a intenção de andar com uma arma na bolsa quando sai com o Benito.

DONA KIKI
Mas que arma, Melanie! Só achei bonito essa senhora ganhar uma medalha.

MELANIE
E útil, pros vereadores da bancada armamentista.

Sábias palavras de um Chihuahua 87

DONA KIKI
Quero saber do Leon. Você voltou a vê-lo?

MELANIE
Voltei.

DONA KIKI
E ele melhorou?

MELANIE
Está estável, que é o que os médicos dizem quando não fazem a menor ideia do que vai acontecer, e não querem se comprometer.

DONA KIKI
Pois acho um bom sinal. Tenho certeza que o Leon vai se curar.

MELANIE
Sinceramente, não acredito. Basta olhar pra ele pra entender que não há nenhum sinal animador. Nem mesmo o bipe daquele aparelho infernal que ligaram nele, que por falar nisso...

DONA KIKI
O quê?

MELANIE

Engraçado... Ele reage a certas coisas. Não sei o quanto ele entende... Mas o bipe é preciso: dependendo do que eu falo, muda de ritmo e intensidade...

DONA KIKI

Está vendo? Ele não só entende, mas se reage, é porque te ama, minha filha! Ele vai ficar bom. É só você conversar com ele, com muito carinho.

MELANIE

É... Com muito carinho... Mas por enquanto ele está "estável". O que significa que ele vai ficar lá, "estável", à espera de um milagre... ou da misericórdia dos deuses!

DONA KIKI

Em quantos deuses você acredita?

MELANIE

Na verdade, nenhum. Isto posto, jamais me passaria pela cabeça desafiar Dionísio.

DONA KIKI

Não sabia que você era macumbeira.

MELANIE

Tá que tá, hoje, hein? Se continuar assim, daqui a pouco convidam a senhora pra ser porta-voz do Palácio do

Sábias palavras de um Chihuahua 89

Planalto! Vem cá, por que a senhora não se candidata à senadora nas próximas eleições?

DONA KIKI

Ninguém precisa de uma pobre velha como eu em Brasília. Eles lá sabem fazer o trabalho deles muito bem sem mim, viu? Por outro lado, se o Manu prestasse um concurso público, eu ficaria tão mais sossegada...

MELANIE

Ele não é vendedor? Naquela loja de móveis de Pinheiros?

DONA KIKI

Mandaram ele embora. Por causa do vírus. As pessoas estão comprando tudo pela internet. Então o Manu teve que mudar de ramo. Virou corretor de jazigo.

MELANIE

Com o vírus matando a torto e a direito, ele deve estar se dando bem.

DONA KIKI

Que nada! Hoje em dia todo mundo é cremado.

MELANIE

Então por que ele não vende urnas funerárias? Não deixam de ser móveis pequenos...

DONA KIKI

Manu cansou de ser vendedor. Ele agora vai ser consultor de... do que mesmo?... Ah, consultor de bem-estar!

MELANIE

Com o mal-estar reinante no país, ele deve ficar rico em pouco tempo.

DONA KIKI

Deus te ouça! Olha o folheto que ele mandou fazer. *(Tira um folheto do bolso)* Pediu pra eu espalhar pelo prédio. *(Lê)* "Auto-conhecimento, auto-emancipação e auto-sustentabilidade, com Emanuel Sciaboletta. Para palestras, entrar em contato/

MELANIE

(Pega o folheto) Mas... folheto? Ele não usa redes sociais?

DONA KIKI

E eu lá sei? E aí, quando é que você vai voltar ao hospital?

MELANIE

Não vou mais. *(Deixa o folheto sobre a mesa)* Acho que já fiz pelo Leon tudo que eu podia.

DONA KIKI

Logo agora que ele está melhorando? Graças a você!!

Sábias palavras de um Chihuahua 91

MELANIE

Não me superestime... Nem a ele! Acontece que não tem me feito bem ver o Leon.

DONA KIKI

No estado em que ele se encontra, dá pra entender.

MELANIE

Não se trata do estado *dele*. Não tem *me* feito bem vê-lo. Toda vez que vou ao hospital, é como se eu cutucasse feras adormecidas dentro de mim. Basta eu chegar lá pra elas despertarem.

DONA KIKI

Credo!

MELANIE

Vai me dando uma raiva... Não consigo controlar. E a filha sempre lá, rondando feito um urubu... Melhor eu não ir mais.

DONA KIKI

Quem mais fica no hospital com ele, além da filha?

MELANIE

Às vezes aparece algum ator ou atriz que trabalhou com ele... uns amigos... Mas são visitas rápidas. Não tem muita graça visitar uma pessoa nesse estado.

DONA KIKI
Não tem nenhuma mulher?

MELANIE
A senhora quer dizer a ex-mulher dele?

DONA KIKI
Não... Talvez um cacho...

MELANIE
Cacho?

DONA KIKI
É, você sabe...

MELANIE
A senhora acha que o Leon está tendo um caso?

DONA KIKI
Não sei...

MELANIE
Desde abril? *(Pausa curta. Insiste)* Desde que rompemos?

DONA KIKI
Não sei desde quando! Nem sei se essa mulher existe! Só estou perguntando.

MELANIE

(Desconfiada) E por que motivo?

DONA KIKI

Besteira minha. Claro que ele não tem outra mulher. Queria te fazer enxergar que ele só tem você na vida dele. *Você* é a companheira dele.

MELANIE

Era só ter dito isto, sem rodeios. E eu teria respondido que não, não sou a companheira dele. Porque ele nunca me assumiu como tal. Me manteve num limbo tão turvo e sinistro quanto a luz de um puteiro até eu acreditar que esse era o meu lugar. Satisfeita?

DONA KIKI

O Vitório também não era nenhum santo...

MELANIE

(Surpresa) A senhora não vive dizendo que era?

DONA KIKI

Ora, que mulher não precisa fazer vista grossa de vez em quando? *(Aproxima-se de Melanie)* Perdoa o Leon. Perdoa ele, minha filha. O que custa perdoar um homem desenganado? Você vai se sentir muito melhor.

94 *Paola Prestes*

MELANIE

A senhora pensa que tudo se resume a uma pulada de cerca aqui, outra ali... Quem dera as coisas fossem tão simples. Porque dor de corno a gente resolve de várias maneiras. Algumas até bem prazerosas... Já o que o Leon fez comigo foi indigno demais.

Latidos retomam ao fundo, mas elas ainda não reparam.

DONA KIKI

Se o problema não é uma pulada de cerca, então não entendo o que foi que ele fez de tão grave.

MELANIE

Acabei de explicar, não?

DONA KIKI

Juro que não entendi.

MELANIE

Ah, sei lá, dona Kiki! É como uma grande massa dolorida que me preenche até o intolerável. E tem hora que ela desaparece deixando um imenso vazio no seu lugar, não mais tolerável. Não sei o que é isto. Nunca me senti assim.

Latidos vão ficando mais fortes. Dona Kiki repara e fica tensa na hora.

Sábias palavras de um Chihuahua 95

DONA KIKI
Mas o que é que está acontecendo? *(Ouve)* É o Benito!?!... E o URIEL!!!

MELANIE
A senhora não tinha trancado o Benito em casa?

Latidos enlouquecidos de cachorros brigando.

DONA KIKI
Tinha!!! *(Em pânico, precipita-se em direção à porta)* Mas esqueci os recortes, então voltei e encostei a porta, e... *(Para bruscamente, lívida)* Meu Deus!!! O QUE FOI QUE EU FIZ???

MELANIE
Calma, dona Kiki! Eles sempre brigam!

DONA KIKI
Não!!! Benito está pedindo ajuda!! Ela está em perigo!!

Abre a porta e sai desembestada. Ouve-se dona Kiki gritando.

DONA KIKI
BENITO! BENITOOOOO! SOCORRO!! PELO AMOR DE DEUS, SEGUREM O URIEL!!!

MELANIE
Dona Kiki! Espera!!

Melanie sai também, deixando a porta escancarada. Ouvem-se latidos guturais e ganidos agudos, e os gritos de dona Kiki.

DONA KIKI
(De longe) SOCORRO!! SOCORROOOOO! SEGUREM ESSE MONSTROOOOO!! *(Ouvem-se apenas latidos guturais)* Desgraçado!!! Benitooooooooooo!!!

Sobe música, o Pie Jesu *do* Réquiem *de Fauré. Luz cai no apartamento de Melanie.*

CENA 7

Tive um sonho ontem à noite

UTI do hospital. Luz sobe, Leon deitado, sereno. O aparelho de sinais vitais emite um discreto som de bipe, que acompanha a respiração dele. Melanie sentada ao lado da cama, a bolsa no colo. Música cai.

MELANIE

Tive um sonho ontem à noite. Eu estava naquele *pueblo* miserável onde capturaram Che Guevara. Eu caminhava em direção ao casebre onde o executaram. Mataram ele na escola da cidade, imagina... No sonho, a escola e o hospital de Vallegrande, pra onde o levaram após a execução, eram o mesmo lugar. Eu fui me aproximando, mas não via o Che porque havia soldados do exército boliviano e camponeses dando as costas pra mim. Eles tapavam minha visão, mas eu sabia que o Che estava lá, morto. Fui chegando mais perto... mais perto... me esgueirando por entre aquela gente e aí, eu vi que não era o Che que estava deitado sobre aquela mesa onde fotografaram seu cadáver. Era eu.

Sábias palavras de um Chihuahua 99

Leve aceleração dos sinais vitais de Leon.

MELANIE

Eu estava lá, com o tórax aberto, e as pessoas que cercavam meu corpo devoravam meu coração com as mãos, fazendo barulho, feito porcos. Elas foram se virando pra me olhar, a Melanie que estava ali, em pé, petrificada. E aí me dei conta que não eram soldados ou oficiais do exército boliviano, nem camponeses. Eu conhecia aquela gente. Era você.

Bipe mais alto e acelerado. Linhas de sinais vitais mais intensas e irregulares.

MELANIE

Eram seus amigos, seu séquito de puxa-sacos amestrados, o Samuel, sua filha, o ex-noivo dela. A cambada toda. Vocês não deram muita bola pra mim e voltaram a devorar o que sobrava do meu coração. *(Pausa)* De manhã, saltei da cama e fui procurar uma explicação num livrinho de interpretação de sonhos. Mas não serviu pra grande coisa. Olha só. *(Tira o livro da bolsa e a coloca no chão. Lê o título em voz alta)* "Sonhos e presságios". *(Folheia)* Fogo... Flores... Lago... Mãos... Ah! Achei! Morte. *(Lê)* "Se você sonhou com a própria morte, isto não é um mau presságio, muito pelo contrário. É sinal de saúde e vida longa. Se você é um ou uma artista, alcançará o tão esperado sucesso". *(Risinho cético)* "Se você é solteiro ou solteira, se casará em breve." *(Para de ler e olha para*

Leon) Logo agora que não quero mais me casar. Mas não é preciso um livro pra interpretar esse pesadelo, não é, Leon?

Fecha o livro com um gesto seco. Leon crispado, expressão tensa.

MELANIE
Só não me pergunte o que o Che Guevara veio fazer nessa história.

Ela recoloca o livro na bolsa. Repara na expressão de Leon, que começa a ter pequenos tremores.

MELANIE
Dona Kiki diria que essa cara que você está fazendo é a expressão do desmedido amor que você sente por mim. Lembra da dona Kiki? Minha vizinha? Aquela que você dizia que parecia uma uva passa? Como se você fosse muito mais jovem que ela. Mesma geração, meu querido. Se bobear, frequentaram o mesmo grupo escolar. Você nunca dignou cumprimentá-la. Fingia ser míope e passava reto. Quanta porta de elevador na cara essa senhora tomou de você! Eu sei que dona Kiki não é nenhuma Hannah Arendt. E suas ideias sobre política... bem, são no mínimo binárias. Pra não dizer perigosas. Pois a danada ainda faz questão de ir votar, sabia? Mas não temos alternativa a não ser aprender a conviver. Porque... Já pensou se você não morrer?

Sábias palavras de um Chihuahua 101

Leon mais crispado.

MELANIE

Já imaginou passar o resto da vida numa cadeira de rodas? Com danos cerebrais? Internado num asilo de velhos ou... como é o nome disso... num residencial? E você lá, o grande cínico do teatro brasileiro! O diretor devorador de atrizes, que detestava as estreias dos outros porque não era o centro das atenções... Que chegava às próprias estreias sempre no último minuto, pra causar um frisson quando finalmente aparecia! Imagina você fazendo o jogo dos sete erros com a ajuda de uma cuidadora que pensa igualzinho à dona Kiki? Talvez neta ou sobrinha dela... Falando com você como se você tivesse quatro anos de idade...

Leon agitado. Som do bipe vai ficando mais intenso, linhas do monitor mais irregulares.

MELANIE

E você inteiramente dependente dessa moça de princípios... E firmes convicções políticas e religiosas! Coisas que ela, aliás, não separa. Nunca ouviu falar em Estado laico. Mas, tão meiga, tão adorável... E com uma bunda escultural, que teima em arrebitar toda vez que ela se abaixa pra catar o copinho de plástico que suas mãos trêmulas não conseguem mais segurar... Atiçando o que te resta de libido toda vez que roça seu braço descarnado, com seu jaleco justinho, imaculado, cheirando à água de colônia pra bebê. Uma moça que você não pode mais seduzir com suas histórias requentadas sobre coisas que ela nem imagina que existiram. E pras quais ela está pouco se lixando! Como seus prêmios empoeirados... Ou o alvoroço que sua montagem de *Rinoceronte* causou... no século passado...

Leon tem tremores, batimentos cardíacos mais rápidos. Todas as linhas do monitor sobem e descem: pressão arterial, batimentos cardíacos, respiração.

MELANIE
Ou ainda, a famosa atriz francesa em visita ao Brasil que você traçou nas barbas do marido dela. Pois mesmo se a pobre moça soubesse desse mundo mesozoico ao qual você pertence, não... não acredito que você conseguisse seduzir uma mulher que troca suas fraldas. Sim, meu caro, porque duvido que sua filha vá querer executar essa ingrata tarefa.

Leon crispado a ponto de contorcer mãos e pernas. Batimentos cardíacos a toda. Melanie observa com frieza.

MELANIE
Pelo visto, mais uma vez você discorda de mim. *(Pausa rápida)* Quer que eu chame a enfermagem?

Leon parece estar se afogando, o tórax arqueado como se fosse se levantar, mas desaba sobre a cama.

Sábias palavras de um Chihuahua 103

MELANIE

Calma, meu querido. Não precisa ficar ultrajado desse jeito. Se você sobreviver, teremos a chance de ver quem está com a razão. Mas vem cá, ela nunca tira aquele impermeável? Nem pra dormir? Alguém precisa dizer pra sua filha que São Paulo não é mais a terra da garoa. Que não cai uma gota de chuva há meses!

Leon em sofrimento.

MELANIE

Quando chego ao hospital, avisto sua filha de longe! Pelo menos tem essa vantagem: graças ao impermeável, consigo evitá-la. *(Pausa)* Dona Kiki desconfia que você tem um cacho. Acha que você anda fazendo fúqui-fúqui por aí.

Leon agitado, ofegante.

MELANIE

Ah, não me diga que ela acertou! Leon, Leon, o que foi que você aprontou na minha ausência? Ligou pra ninfeta de quarenta quilos?

Leon agitadíssimo. Tem tremores. Abre os olhos rapidamente: o olhar é um misto de vazio e terror.

MELANIE

Não precisa ficar nervoso, pois a esta altura, tecnicamente, ninfeta ela não é mais. Portanto, não dá mais, cadeia. Você pode até ter ligado pra ela, e convidado pra tomar um refresco de groselha... ou um milk shake de graviola... mas duvido que tenha passado disso. Ninfetas não costumam ter muita paciência, se é que você me entende. Nem senso de humor... o que pode ser muito útil em certas ocasiões! Enfim, isto agora não me diz mais respeito. E não sei se dona Kiki terá cabeça pra pensar nesse tipo de coisa daqui pra frente.

Benito foi assassinado. Sabe o chihuahua dela? Que latia sem parar? Você quis torcer o pescoço dele mais de uma vez... Pois bem, dona Kiki esqueceu de fechar a porta do apartamento, Benito fugiu e foi destroçado pelo buldogue do Miguel... do 73. *(Pausa)* Erva de primeira! Lembra?

Leon ainda ofegante, mas vai se acalmando, bipe desacelera.

MELANIE

Teve aquela vez que o Ramiel interfonou porque a pizza tinha chegado, e você cismou que ia descer pra pegá-la... de cueca! *(Ri)* Nunca tinha visto você tão doido. E eu, não menos doida, tentava segurar você... e você querendo entrar a todo custo no elevador de cueca! Com um rombo abissal nos fundilhos! *(Ri muito)* Não sei o que tinha naquele bagulho. Só sei que nunca ri tanto na vida!

Sábias palavras de um Chihuahua 105

Rimos. Nós dois. *(Comove-se com as lembranças dos bons momentos que teve com Leon)* A gente se divertia muito, não? Quando estávamos juntos, o resto do mundo desaparecia... *(Olhando para Leon)* Lembra, Leon?

Leon volta a respirar normalmente.

Melanie

Dona Kiki acha que eu devo perdoar você. Ela disse isso antes do Benito ser trucidado. Porque desde que ele morreu, ela não fala mais coisa com coisa. Se é que perdoar você tem algum sentido. Ela agora anda pelo prédio, descabelada, falando sozinha. Diz que está conversando com o Benito, que ele está com o Vitório, seu falecido marido. E que manda recados do Além. Parece que Benito também dá conselhos financeiros. Mandou dona Kiki tirar o dinheiro da poupança e comprar criptomoedas.

Outro dia ela estava na portaria de penhoar. Juro que eu não sabia o que fazer. Afinal, não somos amigas. Mas ela faz questão de trazer recortes de jornal. Pro meu roteiro, sabe? É gentil da parte dela. Mas... a visão que ela tem do mundo é tão obtusa... tão preconceituosa... Pra ela, qualquer coisa é arte. Ou seja, nada é arte. Nem profissão é. Quantas vezes ela não disse isso na minha cara? Nem se tocou. E o que eu podia fazer? Obrigá-la a enxergar à força o que ela não enxergou em setenta anos? Apesar de tudo, me comovo com as mazelas dela. Por mais que eu saiba que, hoje em dia, muitas das minhas mazelas são causadas por gente como ela. Que pensa como ela...

Gente que não tem a menor compaixão ou empatia por pessoas como eu. Ou como você.

Mas vê-la tão desamparada com a morte de um cachorro que pesava menos que um pacote de açúcar mexeu comigo. Cá entre nós, eu devia estar aliviada. Afinal, não vou mais ter que aturar aqueles latidos histéricos. Mas não estou. Pelo contrário! Me sinto até culpada. Porque dona Kiki estava na minha casa quando o Benito fugiu. Fico pensando que se ela não tivesse trazido aqueles malditos recortes... Enfim, tudo isso pra dizer que resolvi fazer o que ela me pediu. *(Pausa)* Vou te perdoar. Ou pelo menos tentar. Porque quando fui explicar a ela o motivo da minha raiva, não consegui. Então, talvez eu esteja extrapolando. Preciso me curar desse ódio que tenho de você... e que nem sei porque é tão grande.

Não é só esse vírus abominável que mata, Leon. Esse sentimento que você provoca em mim está me contaminando, me corroendo. Se eu não te perdoar, ele vai acabar comigo. Como o vírus está fazendo com você. Em todo caso, você deve isso à dona Kiki. Não pense que é fácil pra mim. E não se faça ilusões! Um dia de cada vez. E aí, veremos. *(Olha para Leon com ternura)* Vou continuar vindo aqui conversar com você. Vamos voltar a falar, Leon, como antes. Você vai ver. Acho que estou começando a acreditar em milagres.

Linhas do monitor seguem seu curso luminoso tranquilamente. Batimentos cardíacos de Leon compassados, som do bipe suave. Leon com expressão serena. Sobe música,

Cantique de Jean Racine *de Fauré. Melanie pega a mão de Leon. Luz da* UTI *cai um pouco. Foco de luz em Melanie e Leon. Ela olha para ele como quando estavam juntos e se amavam. Quando entra o coro, Melanie recita os versos do cântico sobre a música, como se rezasse:*

MELANIE

Palavra igual ao Todo-Poderoso, nossa única esperança / Dia eterno da Terra e dos Céus / Na noite calma quebramos o silêncio: Divino Salvador, derrame seus olhos sobre nós. / Espalhe sobre nós o fogo da vossa poderosa graça; / Que todo o inferno fuja ao som da sua voz!

Luz cai.

CENA 8

Você deveria ter trocado
a fechadura há muito tempo

*Apartamento de Melanie. Música cai devagar. Sobe luz
no apartamento de Melanie. Ela está sentada na frente do
computador, de roupão, e digita freneticamente.*

MELANIE

(Fazendo voz masculina) "Então, Helmut, o que trouxe você ao Brasil?" *(Faz outra voz masculina, mais madura, com sotaque alemão)* "Ah, meu carrro Jonatas, eu errra técnico em inforrrmática em Drrresden. Mas cansei dos inverrrnos eurrropeus! Então dei um jeito de fugirrr prrra cá. Adorrro o clima... a música... E o churrrasco brrrasileirrro! *(Primeira voz masculina)* "Nossa, Helmut, que demais!" *(Faz voz masculina mais madura, com sotaque alemão)* "Ja, ja! Carrrne muito macia e saborrrosa..."

Para de digitar. Está puta da vida. Levanta-se e vai até a mesa, onde pega a garrafa térmica e enche sua xícara enquanto diz:

Sábias palavras de um Chihuahua 109

Melanie

Quem vai querer assistir uma série sobre um canibal alemão radicado no Brasil?? Como vou transformar o canibal de Dresden no canibal da Vila Madalena??

Sobe o Cantique de Jean Racine, *não muito alto. Melanie volta a sentar diante do computador. Luz cai um pouco, foco em Melanie, cujo rosto é iluminado pela luz da tela do computador. Começa a voz off enquanto beberica o chá.*

Melanie

(Off) Tem coisa mais triste que morrer quando se tem ainda muito a viver? Como os rapazes devorados pelo canibal de Dresden. O contrário disso é igualmente triste, quando a vida acaba, mas continuamos vivos. Esvaziados de qualquer desejo... Ou aprisionados dentro de um corpo que só serve para doer, como aconteceu com o Leon. Que privilégio morrer quando não há mais nada para se viver! Que bênção a confluência natural de dois fins que se encontram num único espasmo! Como num soluço de quem a vida locupletou.

Mas uma pergunta é igual para todos: o que há depois da morte? Haverá algo? O inferno? Se é para lá que eu vou, que seja por pecados honestamente vis! A luxúria... A ira... A soberba de acreditar que sou uma artista... Não quero a companhia de quem diz que pecou sem querer. Quero estar à altura dos castigos divinos!

Música cai. Luz sobe, e um barulho na fechadura da porta tira Melanie de seu estado de contemplação. Dona Kiki irrompe. Está descabelada e usa um penhoar de plush florido, com um zíper na frente. Calça botinhas de chuva amarelas. Carrega uma sacola de supermercado feita de material reciclável.

MELANIE
Dona Kiki!!!

Dona Kiki lida para tirar a chave da fechadura, do lado de fora da porta, a sacola quase caindo.

DONA KIKI
Emperrou! Mas não se preocupe, Melanie. Conheço um chaveiro de primeira!

MELANIE
(Puta) Mas... Mas essa é *minha* chave!!

DONA KIKI
Reconheceu daí? Catarata você não tem mesmo! Benza Deus!

MELANIE
Emprestei essa chave pra senhora usar em emergências! A senhora não pode/

Sábias palavras de um Chihuahua 111

DONA KIKI

(*Lidando com a chave*) Ele trocou todas as fechaduras lá de casa! Quero ver agora alguém entrar ou sair sem eu ver!

Melanie vai até a porta. Tira a chave da fechadura com facilidade e a coloca discretamente no bolso do roupão enquanto tenta distrair dona Kiki.

MELANIE

Depois a senhora me dá o telefone do chaveiro, está bem? (*Oferecendo uma cadeira*) Agora entra e senta um pouco.

DONA KIKI

(*Agarrada à sacola*) Não quero sentar.

MELANIE

Quer um chá?

DONA KIKI

Não!

MELANIE

É de maçã com canela.

DONA KIKI

Não estou com sede. Só vim deixar essas coisas pra você. Preciso ir ao sacolão.

MELANIE
De penhoar?

DONA KIKI
Você liga demais pro que os outros pensam. Outro dia Benito disse que eu estava dando muita bola pra Eva e pra a Magda... Graças ao Benito, mandei as duas à merda!

MELANIE
Dona Kiki! Elas são suas amigas...

DONA KIKI
Amigas uma ova. Benito tinha razão. Aquelas duas sabichonas queriam mandar em mim. Davam palpite em tudo. *(Fazendo careta)* Eu me visto muito assim, muito assado... Por que não vou ao cabeleireiro... ao médico...

MELANIE
Quando foi a última vez que a senhora falou com o Manu?

DONA KIKI
Foi... Foi... Quem fala comigo todo dia é o Benito.

MELANIE
Se a senhora me permitir, eu gostaria de ligar pra ele.

DONA KIKI

Benito não precisa de telefone, minha filha! Transcendeu as coisas materiais.

MELANIE

Me referia ao Manu.

DONA KIKI

Ah, o Emanuel... Ele agora é empresário e não quer mais ser chamado de Manu. Ele anda muito ocupado porque ele é... é... é...

MELANIE

Consultor de bem-estar.

DONA KIKI

Isso! Puxa, que memória você tem!

MELANIE

E por falar em bem-estar, ele tem cuidado do seu?

DONA KIKI

E como! Todo dia dez ele aparece e pergunta se a aposentadoria do Vitório já caiu na conta.

MELANIE

Pelo visto, ele ainda coleciona moedas.

DONA KIKI

Ele está investindo! No seu novo negócio de... de...
de...

MELANIE

Bem-estar.

DONA KIKI

Isso! Então estou dando uma ajudinha pra ele.

MELANIE

Ajudinha?

*Dona Kiki senta-se pesadamente na cadeira que Melanie
tinha oferecido, sempre agarrada à sacola.*

DONA KIKI

Esse menino sempre foi tão esforçado! Não entendo
porque nada do que ele faz dá certo.

MELANIE

O Benito não tinha falado pra senhora comprar criptomoedas?

DONA KIKI

Tinha. Mas mãe é mãe. O Emanuel mandou esperar
um pouco. Ele disse que com o lucro da empresa dele,
depois a gente compra crip... crip...

Sábias palavras de um Chihuahua 115

Melanie

Criptomoedas.

Dona Kiki

Isso! Só não sei se estarei viva até lá.

Melanie

E por que não estaria?

Dona Kiki

Tenho aguentado firme os golpes da vida. A perda do Vitório, a venda da nossa casa... A morte do Charles Aznavour... e a do Benito! De um jeito tão cruel... E agora estão dizendo que o nosso presidente vai cair!

Melanie

Um acontecimento ansiosamente esperado.

Dona Kiki

Não por mim! Se isso acontecer vai ser terrível! Ou será que você não reparou no descalabro à sua volta?? Escuta só!

Tira recortes da sacola, um monte deles, que vão caindo pelo chão. Lê, afoita.

Dona Kiki

"Travestis vão poder servir o Exército". "Imagem do papa é usada em camisinha". Camisinha, ouviu bem?

MELANIE

Alguma notícia sobre a política catastrófica do governo diante do vírus que se alastra feito queimada na Amazônia? Aliás, outra proeza desse governo...

DONA KIKI

"Mulher tenta matar o marido com coxinha envenenada". Essa daí só pode ser comunista! E tem mais! *(Joga um monte de recortes no ar)* Muito mais! Precisamos de homens fortes pra enfrentar essa pouca vergonha que tomou conta do mundo!

MELANIE

(Perdendo a paciência) Ora, dona Kiki, o mundo nunca foi um passeio pelo bosque encantado! Ou vai dizer que a senhora realmente acredita em políticos que aparecem do nada e dizem que vão resolver tudo num passe de mágica? Da coxinha assassina à ignorância? Quando eles mesmos são ignorantes? E leiloam seus princípios a quem paga mais? E querem resolver tudo na base da porrada!?

DONA KIKI

E por que não?

MELANIE

(Fora de si) Porque enquanto acreditarmos que pra sair da merda dependemos de um salvador da pátria, as coisas nunca mudarão! Nunca!!

Sábias palavras de um Chihuahua 117

DONA KIKI

Uma coisa eu te garanto: é preciso ser macho pra colocar o Brasil nos trilhos!

MELANIE

(Ainda mais fora de si) Macho?? Que macho??? Esse mentecapto que está na presidência?? Não podemos terceirizar responsabilidades que são nossas! Como povo, compreende? Então pare de bancar a avestruz, dona Kiki! Tire sua cabeça desse buraco cheio de histórias pra boi dormir e abra os olhos!

DONA KIKI

(Ofendida) Abra os olhos *você*, Melanie. Que não enxerga o que acontece dentro da sua própria casa! Você deveria ter trocado a fechadura há muito tempo, viu?

MELANIE

Do que a senhora está falando?

DONA KIKI

Do que acontece neste apartamento quando você não está.

MELANIE

E o que é que acontece? Os ratos fazem a festa?

DONA KIKI

A ratazana fez!

MELANIE

A senhora realmente não está bem. Vou ligar pro Manu. Ele precisa tomar uma providência.

DONA KIKI

Ninguém precisa mais tomar providência nenhuma! Porque o Leon agora está no hospital. Mas quando ele estava aqui na sua casa... Ai, ai, ai!

MELANIE

A senhora está insinuando o quê? Que o Leon também é maconheiro?

DONA KIKI

Não seja tola, criatura! Estou falando de quando você foi pro Rio, fazer aquela... aquela...

MELANIE

Oficina de roteiro?

DONA KIKI

Isso!

MELANIE

E o que é que tem?

DONA KIKI

Você deixou ele aqui *sozinho*.

MELANIE
Deixei. Abril passado. E daí?

DONA KIKI
Ele não ficou sozinho!

MELANIE
A senhora está louca!

DONA KIKI
Não acredita? Pergunta pro Ramiel!

MELANIE
E o que, exatamente, aconteceu além das minhas plantas falecerem por falta de cuidado? Pois se bem me lembro, antes de viajar, pedi pra senhora molhar minhas plantas, e quando voltei, estavam todas mortas!

DONA KIKI
Sɪɪɪɪмᴍᴍᴍ!!! Justamente! Você me pediu pra molhar suas plantas, porque ia pro Rio. Aí o Leon veio passar o final de semana com você. Aí na segunda-feira você foi viajar e na terça eu vim molhar suas plantinhas. *(Pausa)* E foi aí que eu vi.

MELANIE
Viu o quê?

DONA KIKI

Como eu podia adivinhar que ele não tinha voltado pra casa dele? Que você tinha viajado e o Leon tinha ficado *aqui*?

MELANIE

VIU O QUÊ, DONA KIKI????

DONA KIKI

Eu abri a porta com a chave que você me deu...

MELANIE

Emprestei.

DONA KIKI

Entrei e... vi! Ele estava no sofá, com uma moça. Eles estavam fazendo... fazendo...

MELANIE

(Seríssima) Deixe-me adivinhar: fazendo fúqui-fúqui.

DONA KIKI

Isso! Nesse sofá. *(Aponta)* Ela estava reclinada pra trás, com o vestido levantado. Lembro bem das mãos dele... tão finas, como mãos de mulher que nunca lavou louça na vida, sabe?... Mas ele enfiava os dedos nas coxas dela como se fossem garras!

Sábias palavras de um Chihuahua 121

Melanie

Quando foi que a senhora começou a ter alucinações? O médico vai querer saber.

Dona Kiki

Nem repararam em mim! Tratei de sair de fininho e fechar a porta bem devagarinho. E é claro que não voltei mais pra molhar suas plantinhas!

Melanie perturbada, mas tenta não demonstrar.

Melanie

Suponho que a senhora não viu quem era a moça.

Dona Kiki

Não.

Melanie

(Ressabiada) Talvez fosse jovem... muito jovem. Tipo... uma ninfeta de quarenta quilos?

Dona Kiki

Já disse que não consegui ver direito!

Melanie

Claro! O esforço de imaginação seria grande demais.

DONA KIKI

Só sei que ele tinha as calças arriadas. Sabe quando os homens baixam a calça assim? *(Imita o gesto de baixar as calças até as coxas)*

MELANIE

Chega dona Kiki! Por hoje deu, tá?

DONA KIKI

Ah! E reparei que ela também não tinha tirado toda a roupa. Só a calcinha estava caída no tapete, perto do sofá.

MELANIE

Perto do sofá? Tem certeza que não estava pendurada no lustre? Ah, mas eu não tenho lustre... Que pena, não? Bom, amanhã cedo ligo pro Manu.

DONA KIKI

Ah, e o casaco dela também estava jogado no chão.

MELANIE

Porque ela tinha um casaco?

A luz na UTI sobe um pouco, mas toda a ação se passa na penumbra. Leon deitado, ao lado dele, a silhueta de uma mulher, em pé.

DONA KIKI

Tinha. Um casaco de chuva.

Sábias palavras de um Chihuahua 123

Surpresa de Melanie.

DONA KIKI
Eu também fiquei surpresa. Porque não estava chovendo!

A mulher está vestindo um impermeável verde. É a filha de Leon. Ela faz um carinho nele. Inclina-se para beijá-lo. Beija-o na boca.

MELANIE
(Expressão de pavor) Não pode ser...

DONA KIKI
Foi o que eu pensei também. Pra que um casaco de chuva se está fazendo sol? Como é mesmo o nome desse tipo de casaco? É um... um...

A filha de Leon tira o impermeável e o deixa cair no chão.

MELANIE
Impermeável.

DONA KIKI
Isso! A cor desse impermeável era esquisita pra chuchu... Era...

A filha de Leon deita-se ao lado dele e o beija novamente. Ele corresponde.

MELANIE
(Petrificada) Verde.

DONA KIKI
Adivinhou por causa do chuchu, né? Mas era outro verde. Era um verde meio enjoado. Vai ver está na moda, esse verde assim... meio... meio...

Leon se vira e abraça a filha. Deita-se pesadamente sobre ela. Luz começa a cair.

MELANIE
(Mais lívida a cada segundo) Picles.

Leon e a filha começam a transar.

DONA KIKI
(Ri) Isso! Isso! *(Séria)* Mas não me pergunte a cor da calcinha, porque isso eu não lembro!

Cai a luz na UTI. Pausa. Atordoada, Melanie se apoia na mesa.

DONA KIKI
Ai, eu não devia ter contado... Não fica assim. Aposto que ele nem lembra mais o nome dessa moça.

Melanie

Não teria tanta certeza. *(Brusca)* Mas deixe estar! A senhora me fez um grande favor. Viu o que eu não fui capaz de enxergar. Mas não importa! Não sou nada do Leon. Nunca fui! Então vamos encerrar esse assunto de uma vez por todas! Não quero mais ouvir o nome dele nesta casa!

Dona Kiki

Na verdade eu vim trazer uns recortes e também as/

Melanie

Não preciso mais de recortes! Não quero mais que a senhora traga recorte nenhum. Não estão servindo pra nada. Se a senhora me der licença, ainda tenho muito que fazer.

Dona Kiki

Não fica brava comigo... mas tem mais uma coisa...

Tira de dentro da sacola uma pequena caixa de madeira. Segura a caixa com desvelo.

Dona Kiki

São as cinzas do Benito. Queria que você espalhasse pra mim.

Melanie

O quê??

Dona Kiki

(*Suplica*) Você faria isto por mim?

Melanie

(*Exasperada*) *Eu*??? Só me faltava essa! Espalhar as cinzas do Benito! E onde a senhora quer que eu espalhe? Em frente ao quartel do CPOR? Por que a senhora não espalha? Ou o Manu??

Dona Kiki

Eu não tenho coragem. E o Emanuel anda muito ocupado. Te contei do novo negócio dele de... de/

Melanie

Ah, então o senhor Emanuel não tem tempo! E eu tenho??

Dona Kiki

Não é só isso. Ele não entende... Pessoas como você têm mais jeito pra essas coisas, Melanie.

Melanie

Pessoas como eu?

Dona Kiki

Sei que você vai cuidar do Benito...

Melanie continua em pé, esquálida, apoiada em algum móvel. Parece estar sentindo dor no corpo todo, mas não

consegue se mover, nem para sair daquela posição incô-
moda. Tampouco sabe como se livrar de dona Kiki. Ao
fundo, ainda longe, começamos a escutar o barulho de
panelas sendo batidas.

MELANIE
Não vou conseguir fazer isso pela senhora.

DONA KIKI
Você precisa fazer, por favor. É meu último desejo!

MELANIE
A senhora não está morrendo. Só está deprimida com
a morte do Benito. Nada que um bom ansiolítico não
resolva.

DONA KIKI
(Implora, começando a chorar) Passei mal quando es-
palhei as cinzas do Vitório! Não tenho forças pra passar
por isso de novo... Pode espalhar onde você achar melhor... Por favor!

Dona Kiki estende a caixa em direção à Melanie, que
continua imóvel. Ao fundo barulho de panelaço vai au-
mentando. Dona Kiki soluça baixinho. Maquinalmente,
Melanie pega a caixa.

Dona Kiki

Obrigada, Melanie. Se eu tivesse tido uma filha... Deus lhe pague...

Melanie segura a caixa como se não processasse totalmente o que está acontecendo a sua volta. Dona Kiki pega um lenço no bolso e enxuga as lagrimas. Panelaço forte, há também rojões, cornetas e gritos.

Dona Kiki

Mas o que será isso?

Dona Kiki vai até a janela e a abre. Irrompe o barulho de panelas, rojões, cornetas e gritos de alegria que dizem:

Povo

(Off) Caiu! Ele caiu! Viva! Fora desgraçadooooo!!!

Dona Kiki

(Incrédula) Você está ouvindo?? Estão dizendo que o nosso presidente caiu!! *(Grita, desesperada)* Ele caiu!!!?! Nosso presidente caiu!!!

Melanie

(Grave) Ele nunca foi meu presidente.

Dona Kiki desesperada. Panelaço continua, cornetas, gritos de alegria. Ela vai perdendo o pouco de sanidade que

Sábias palavras de um Chihuahua 129

lhe resta. Melanie continua em pé, aérea, segurando a caixa com as cinzas de Benito. O contraste entre as duas é gritante. Não parecem mais pertencer à mesma dimensão.

DONA KIKI

O que vai ser deste país?? O que vai ser de nós? Vamos cair nas mãos dos comunistas!! Estamos perdidos!!

MELANIE

(Vai recobrando a cor, seu corpo vai destravando) Finalmente uma esperança.

POVO

(Off. Panelaço, cornetas e rojões) O FASCISTA CAIU! VIVA!! VIVA!!! FORA FASCISTAAAA!!! MENTIROSO!!! FORA ODIENTOOOOO!!!!!

DONA KIKI

O mundo está acabando! Misericórdia!! O que vai ser de mim?? Os comunistas vão invadir minha casa!! Vão me estuprar e roubar minhas coisas!! Vão me matar! Pra dar minha casa pra moradores de rua!! Vitório! Onde você está??

Deixa a sacola cair no chão e anda pelo apartamento, baratinada, chamando pelo falecido marido.

Dona Kiki

Vitório!! Eu vou te encontrar, meu amor! Você também, meu Benito! Mamãe já vai, tá?! *(Vai até a porta e sai gritando)* O dia do Juízo Final chegou!! O demônio vai tomar o poder! Vitóriooooo! Benitooooo!!

Som do panelaço vai subindo cada vez mais. Povo eufórico, batucada nas ruas.

Melanie

Não sei se os nossos mortos ressuscitaram hoje ou se nunca os deixamos morrer. Só sei que este é o dia em que a justiça começa a ser feita.

Ainda sobre o som do panelaço, sobe o Kyrie *(final) do* Réquiem *de Fauré. Cai som do panelaço. Luz cai.*

CENA 9

Godot chegou

UTI *do hospital. Luz sobe. Melanie em pé, na penumbra. Ela olha para Leon, que repousa tranquilo. Música cai. Fala repentinamente, a voz dura, cortante:*

MELANIE
Feliz em me ver?

Leon estremece. As batidas cardíacas se aceleram. Melanie sai da sombra.

MELANIE
Que bom saber que ainda consigo fazer seu coração disparar.

Arrasta a cadeira para perto da cama de Leon bruscamente, fazendo barulho. Senta-se com a bolsa no colo.

MELANIE
Tive outro sonho. Quer ouvir?

Sábias palavras de um Chihuahua 133

Expressão de desconforto de Leon.

MELANIE

Não? Você parece o Vladimir, que não quer ouvir o sonho de Estragon. Pena. Esse não foi um dos pesadelos particulares dele. Esse foi ótimo. Sonhei com o Leonardo DiCaprio.

Não sei se você ouviu os rojões daqui de dentro, mas o presidente foi deposto. Finalmente conseguiram tirar a besta fera do poder. Estão comemorando pelas ruas do país. No Nordeste então, já é carnaval! Parece que ninguém votou nele nas últimas eleições. Ou quase. Sempre tive mais raiva de quem tinha votado nele e se arrependido, que de seus seguidores fanáticos. Com estes, pelo menos, sabemos com quem estamos tratando. Estarão sempre prontos a saltar no precipício da ignorância junto com ele. Mas reconheço que a massa indefinida, que uma hora oscila pra cá e outra pra lá, temendo pelo seu pé de meia, foi determinante pra derrubar o desgraçado. Quando ele começou a perder o apoio popular, seus aliados políticos escafederam-se. Até os bispos evangélicos que tanto o ungiram foram saindo de fininho. Suponho que foram fazer descarrego em pessoas menos... carregadas.

Ele subestimou o personagem mais longevo da história brasileira: a pobreza. E neste país, a classe-média está sempre a um passo da pobreza. Ou com um pé nela! Então melhor não fazer essa gente sentir-se insegura. Ou pobre. Porque ela não vai sacrificar o consórcio do carro, nem o peru de Natal por devoção a um caudilho. Não importa o partido! Mas não quero te entediar com esses assuntos. Afinal, sua militância política sempre se limitou a brilhar em mesas de bar, e só pegava no tranco depois do segundo chope. E desaparecia por completo ao nascer do sol... especialmente em dia de passeata.

Dona Kiki foi internada. Não, ela não pegou o vírus. Perdeu a cabeça de vez no dia em que o presidente caiu. Tive que chamar o Manu, o filho dela. Ah, deixa eu te mostrar...

Procura algo na bolsa. Tira o folheto de Manu.

MELANIE
O folheto que ele fez pra divulgar sua nova atividade. Ele agora é consultor de bem-estar. Escuta só: *(Lê)* "Escreva para mim e compartilhe suas experiências de vida comigo. *(Continua a ler)* "Para ser possível a leitura de sua mensagem, faça uma transferência para minha conta no valor que você desejar, a partir de cem reais." *(Para Leon)* Por que será que eu não consigo fazer coisas assim? *(Continua a ler)* "As histórias mais interessantes serão selecionadas e utilizadas nas minhas palestras e livros de bem-estar". Porque ele vai escrever livros. Emanuel Sciaboletta, o novo guru do bem-estar, vai virar best-seller! Sim, porque você duvida que vai vender? *(Recoloca o folheto na bolsa)* E eu vou continuar na merda. Preocupada com a tessitura dos meus personagens e sem grana pra pagar o aluguel, que aliás venceu há três dias.

Sábias palavras de um Chihuahua 135

Manu veio buscar a mãe com dois enfermeiros. A coitada nem teve tempo de reagir. Meteram a velha na van da clínica, e tchuf! Em meia-hora estava tudo acabado. Uma vida inteira tinha se desintegrado no ar. O Manu revistou o apartamento com eficiência de agente secreto. Levou documentos, extratos bancários, senha de tudo... E o colar de pérolas de dona Kiki. E teve a cara de pau de me pedir pra dar um jeito nas roupas da mãe! "Dar um jeito". Foi assim que ele disse. Nem os álbuns de fotografia da família ele quis. Mandou o Ramiel jogar tudo fora. Mas fez questão de frisar que era lixo reciclável. Um cidadão de bem! Parecia que dona Kiki tinha morrido, não ficado demente. Acho que fiquei com a única prova que ela um dia existiu: as cinzas do Benito.

Porque dona Kiki não foi sempre doente da cabeça, sabe, Leon? Pode ser conservadora, direita raiz, mas idiota, ela nunca foi. E muito menos cega. Sabia tudo que acontecia no prédio. Quem jogava papel de bala no elevador... Quem fumava o quê... *(Olha para Leon)* Quem comia quem... Podia chamar o pau do marido de "piu-piu", mas sabia muito bem do que um piu-piu é capaz.

Te contei que ela tinha uma chave do meu apartamento? Pra emergências. Porque você não quis, lembra? Você achou que era um compromisso grande demais. Bom, não importa. Deixei uma chave com dona Kiki. E ela usou a chave. Quando fui ao Rio, naquela oficina de roteiro, está lembrado?

Leon agitado, rosto contorcido, tem sobressaltos.

MELANIE

Ah! Ia esquecendo de te mostrar uma outra coisa. *(Revira a bolsa)* Isto!

Melanie tira um revólver da bolsa e o segura na frente de Leon.

MELANIE

É um revólver, meu amor!

Leon ofegante, batimentos cardíacos intensos, luzes do monitor de sinais vitais intensas, pressão arterial altíssima, linhas sobem e descem, bipe a toda.

MELANIE

Manu encontrou no armário da mãe, numa caixa de sandálias ortopédicas. Dona Kiki guardou o revólver do marido esses anos todos, acredita? Isso que é amor, hein? E se um ladrão tivesse entrado no apartamento dela? Ela teria feito o quê? Me diz? *(Gesticula com a arma enquanto fala)* O que deve ter de gente ruim da cabeça com uma arma em casa... Se o próximo governo não for melhor que o último, este país vai virar um bangue-bangue entre velhos da classe-média e jovens das classes baixas que, aos olhos desses velhos, são todos bandidos. Sim, porque nessas horas, quem tem dinheiro se manda pra Miami. Mas sabe o que eu acho? Que dona Kiki estava andando armada por aí. Levava o revólver na bolsa quando ia passear com o Benito. Aposto que ela queria matar um

Sábias palavras de um Chihuahua 137

assaltante pra ganhar uma medalha... Porque pra ela, é assim que a gente lida com *canalhas*! Assim, ó...

Melanie encosta o cano do revólver na têmpora de Leon que estremece e quase não consegue respirar de tão agitado. Ela o observa friamente.

MELANIE
Não... Se eu fosse fazer alguma coisa com esse troço seria aqui!

Encosta o cano do revólver no peito de Leon, que engasga, arfa, tem sobressaltos.

MELANIE
Porque é com uma bala de prata no coração que a gente mata vampiro. Mas como eu não tenho bala de prata... Ah! *(Levanta o revólver)* Lembrei de mais um trecho do poema do Eliot. *(Declama gesticulando com o revólver)* "Abril é o mais cruel dos meses, germina/ Lilases da terra morta, mistura/ Memória e desejo, aviva/ Agônicas raízes com a chuva da primavera." Foi você que me ensinou esse poema. A oficina de roteiro foi em abril. Que coincidência, não? Bom, saindo daqui vou passar na Polícia Federal pra entregar essa coisa abominável. Pra destruição. *(Guardando o revólver na bolsa)* O Manu disse que não quer este revólver porque o dele é muito mais moderno.
Também foi em abril que dona Kiki usou a chave do meu apartamento. Na semana que fui pro Rio e você fi-

cou lá. *Sozinho*. Porque você tinha brigado com sua filha. Nem lembrei que tinha combinado com dona Kiki dela molhar minhas plantas. Podia ter pedido a você, não é, coração? Mas não pedi porque sei o quanto você execra tarefas domésticas. Quando voltei, você e sua filha já tinham feito as pazes. Que família feliz.

Leon em sofrimento.

MELANIE
Alguns dias depois, rompemos. Dessa vez, definitivamente. Brigamos por alguma bobagem, nem sei mais o quê. Só sei que algo morreu naquele dia. Agônicas raízes. Você me ensinou tantas coisas, não é? E mesmo nesse estado você continua sendo um farol de conhecimento. Veja só, desde que comecei a vir aqui, aprendi o verdadeiro significado da expressão "chutar cachorro morto". Não que você esteja morto, eu sei, mas... totalmente vivo, você não está, concorda?

Monitor de sinais vitais enlouquecido.

MELANIE
Quer que eu chame a enfermagem?

Leon tenta articular alguma coisa, mas não consegue. Melanie não liga e prossegue:

Sábias palavras de um Chihuahua 139

MELANIE

Tem gente que diria que é sacanagem, eu aqui, falando coisas desagradáveis pra você... Ainda mais nesse estado, tão indefeso. Quando eu saio daqui, às vezes eu até fico com a consciência pesada. Mas passa, sabe? Mesmo acordado e com saúde você já era esse monólito, insensível aos sentimentos alheios. Então, eu agora *preciso* falar tudo isso pra você. Porque você não tem ideia do quanto eu te poupei, meu amor. Quando discutíamos, você achava que eu me excedia, mandava eu me controlar.

Pois havia muito mais! Havia um oceano de mágoa que não conseguia sair pelo buraquinho da minha boca. E eu não sabia da missa a metade! Só pressentia. Quem diria que seria preciso a dona Kiki pra me abrir os olhos! É Leon... Você foi pego literalmente com as calças abaixadas por uma velhota direita raiz que conversa com um chihuahua morto! Pois bem, agora minha raiva começa a sair... Pingando como as gotas desse teu soro. Se não for por cada gotinha dessas, você morre... E se não for por cada palavra que eu venho destilar aqui, eu também morro. E como você já está mais pra lá do que pra cá, antes você do que eu. Porque hoje, eu não vim aqui *conversar* com você. Vim entupir suas artérias com as únicas palavras possíveis que sobraram entre nós.

Ao fundo, sobe *o* Libera me, *do* Réquiem *de Fauré.*

Não tem mais poeminha do Eliot pra fazer cócegas no seu intelecto mofado. Hoje tem o toque da sétima trombeta que veio te arrancar do covil onde você se esconde! Olha pra mim, Leon! Olha, o que você fez! Mas quando eu sair daqui hoje, não serei mais a mulher lamentável à qual você me reduziu.

Lembra o que você me disse na noite que rompemos? "Você deu azar". Foi uma das coisas mais terríveis que alguém já me disse. Porque você decretava que o azar era *meu*. E por tabela, o fracasso da nossa relação. E a culpa pela minha dor também. Pois quem deu azar foi você. Olha só pra você agora. Um velho fodido, cheio de fios pendurados... Parece o fantoche de um teatro de marionetes que faliu. Um grande filho da puta, é o que você é. Um homem sem dignidade. Um monstro que come a própria filha!

Leon abre os olhos, aterrorizado. Agita-se, ofegante.

MELANIE
Quando foi que essa história começou? Quantos anos ela tinha? Devia ser bem pequena, pois ela parece mesmo acreditar que você é o homem da vida dela. Tenho nojo de você, Leon. E muita pena dela.

Mãos de Leon tremem, ele tenta arrancar o tubo do soro, mas não consegue. Tenta arrancar os eletrodos. Melanie observa.

MELANIE

Você tem as mãos tão delicadas... No entanto, tudo que você tocou, você corrompeu. Então, quem mais sabe dessa história? O ex-noivo? Foi por isso que ele sumiu?

Leon se debate, arfa, emite grunhidos desesperados.

MELANIE

Godot chegou, Leon! Na peça que você nunca montou, Godot é o anjo da morte que vem acertar as contas com você. Foi por isso que você não teve coragem de montar? Pensou que podia escapar? Acontece que eu sou o anjo da morte! EU SOU GODOT! EU! A sua derradeira criação!

Leon estremece, o corpo crispado, tem convulsões.

MELANIE

Confiei em você. Amei você. Amei um homem que fode a própria filha! Ou será que com ela, na sua cabeça doente, você fazia amor? Em todo caso, é esse amor podre que você vai levar deste mundo. E vai levar também o ódio que sinto de você. Vim devolvê-lo. Porque se o azar foi meu, o ódio pertence a você. Faça bom proveito. Nossos caminhos se cruzarão de novo, quem sabe, na fornalha ardente do inferno!

Música sobe. Foco de luz em Leon, Melanie o observa agonizar da penumbra. Leon treme, engasga, os olhos esbugalhados, a pressão arterial altíssima. Falta-lhe oxigênio, tem convulsões, abre e fecha a boca em seus estertores. O olhar desesperado de Leon procura Melanie que se afasta um pouco. Ela se levanta como se fosse pedir ajuda, mas para no meio do caminho. Fica em pé feito uma estátua, imóvel, tesa, a coluna ereta, ligeiramente ofegante, ao mesmo tempo apavorada e fascinada com o espetáculo da agonia de Leon, que tem um último espasmo e morre. Melanie titubeia. Olha para ele com um misto de perplexidade e profunda tristeza. Ela pega sua bolsa e sai apressadamente. Foco de luz em Leon morto. Luz cai devagar.

CENA 10

Tenho uma história a contar sobre o rico tecido social brasileiro

Apartamento de Melanie. Fim do Libera me. *Luz sobe no apartamento que não foi arrumado desde o dia em que dona Kiki perdeu a cabeça. A caixinha com as cinzas de Benito está sobre a mesa. A sacola de supermercado e os recortes de jornal ainda estão jogados no chão. De roupão, Melanie fala animadamente ao celular enquanto anda de um lado para o outro da sala. Ajeita uma almofada, cata os recortes de jornal e joga no cesto de lixo, recolhe roupas espalhadas, e copos sujos e cata a sacola de dona Kiki.*

MELANIE
Você não tem noção! Tenho trabalhado no roteiro quase dez horas por dia! Estou reescrevendo praticamente tudo. Mas os personagens são fantásticos! E mudei o final. O diretor vai amar! *(Escuta)* Não, não vou contar nada agora. Só na reunião. *(Escuta, para de andar e fica séria)* E por que eu teria ido ao velório? Não estávamos mais juntos desde abril. *(Escuta)* Foi, foi o vírus. *(Volta

a andar e arrumar distraidamente o apartamento) O Gabriel ligou e disse que os pulmões estavam comprometidos. Acabou tendo uma parada cardíaca. *(Escuta)* No hospital? Dei uma passadinha rápida. Estávamos *separados*, já te falei mil vezes. Eu não tinha nada que fazer lá. Nem sei se ele já não estava com outra mulher... *(Para em frente à caixa com as cinzas de Benito e a olha fixamente)* A filha dele sim, ficou bastante com ele. Segundo o Gabriel, está inconsolável... Parece uma viúva! *(Pega a caixinha)* Não, não estou sendo maldosa.

Tenta achar um lugar para a caixinha, meio desajeitadamente, pois só tem uma mão livre. Tenta colocá-la numa gaveta, mas não cabe, atrás dos vasinhos de plantas mortas, mas nada dá certo.

MELANIE
    O Gabriel não está metido na produção da série? Então por que você não pergunta pra ele? Ele sempre adorou uma fofoca. Bom, deixa eu voltar ao trabalho ou não recebo a primeira parcela do meu cachê! Que deve ser depositada depois de amanhã, não é? *(Ri)* Beijos, queridona. *(Desliga)*

Melanie continua a procurar um lugar para a caixinha. Não acha e começa a se irritar.

MELANIE

Só faltava eu ter ido ao velório do Leon! Como se não bastassem as cinzas do Benito. O que é que eu vou fazer com elas?? Não tem o menor cabimento eu ter que espalhar as cinzas de um chihuahua fascistoide em plena epidemia! Espalhar numa praça é proibido... e não vou à praia há anos. Vou espalhar aonde, então? Alguém pode me dizer?

Melanie sacode a caixinha e a recoloca sobre a mesa. Hesita, mas acaba abrindo-a devagarinho, como se abrisse uma caixa de Pandora, meio com medo, meio com asco. Retira um pequeno saco de plástico com as cinzas. O saco deve estar preenchido com purpurina, mas isto ainda não é perceptível do ponto de vista da plateia.

MELANIE

Só isso? E pensar no tanto de barulho que isso aqui era capaz de fazer. Atrapalhou minha concentração por anos! *(Sacode o saquinho)* Isto aqui quase arruinou minha carreira! Será que dona Kiki entendia mesmo o que o Benito dizia? E recebia mensagens que ele mandava do Além?

Tomada por um medo súbito, Melanie joga o saquinho com as cinzas sobre a mesa.

MELANIE

Eu hein? Vai saber... Que tem muita coisa esquisita, ah, isso tem. O livro de sonhos não estava certo? Não

Sábias palavras de um Chihuahua 147

sonhei com minha própria morte e depois disso o roteiro finalmente desencantou? Estou tão perto de mudar minha vida... Depois dessa série vou finalmente escrever meu roteiro pra cinema! Um longa-metragem!

Depois de hesitar um pouco, volta a pegar o saquinho, com cuidado, mas já mais "familiarizada" com seu conteúdo.

MELANIE

Não será preciso ir muito longe pra jogar as cinzas do Benito. O lugar dele é aqui. Este prédio era o mundo dele. Não lhe teria feito mal compartilhar um pouco desse mundo com o Uriel. Mas... agora é tarde.

Deixa o saquinho sobre a mesa. Serve-se uma xícara de chá e senta-se em frente ao computador. Melanie toma um gole, pousa a xícara e começa a digitar ao mesmo tempo que começa a voz off:

MELANIE

(*Off*) A campainha toca. É daquelas campainhas simpáticas, que fazem "ding-dong". O som alegre contrasta com a figura nada receptiva de Angela, que segura uma xícara de chá. Ouve-se ao fundo o latido frenético de um cachorro de pequeno porte, um chihuahua. Angela congela, segurando a xícara e a respiração. O cachorro continua latindo. Um papel é passado por debaixo da porta. Angela pousa a xícara e vai catá-lo, na ponta dos pés. É uma página de jornal, com um post-it amarelo grudado nela.

Melanie para de digitar. Recosta-se na cadeira, pega a xícara e beberica.

MELANIE

Meus amigos me perguntavam porque eu não deixava o Leon. Respondia que o amava. Não sei mais se aquilo foi amor ou neurose... falta de amor-próprio... Pouco importa. *(Pausa rápida)* Lembrei o final do poema do Eliot: "O cadáver que plantaste ano passado em teu jardim/ Já começou a brotar? Dará flores este ano?" *(Sorrindo)* Acho que sim, pois finalmente, tenho uma história a contar sobre o rico tecido social brasileiro!

Sobe a música Champagne, *de Peppino di Capri, parte instrumental. Melanie recomeça a digitar e a voz off também recomeça:*

MELANIE

Angela tira o post-it, que fica grudado num dedo da mão esquerda, e lê o jornal que segura com a mão direita: "Hoje à noite, Peppino di Capri se despede dos palcos brasileiros com um show na sala do Styx Tower Hall." Angela diz, *(Melanie para de digitar. Fala sobre a voz off)* "Não sabia que ele ainda estava vivo. Deve ser o..."

Sábias palavras de um Chihuahua 149

Neste momento começa a letra da música, com Peppino di Capri que diz, "Champagne". Luz cai um pouco. Luz da tela do computador sobre seu rosto. Música sobe. Melanie se levanta e começa a dançar. Tira seu roupão e o atira longe. Sob o velho roupão, ela usa um vestido preto, com algum brilho, belíssimo. Luz vai caindo até sobrar apenas um foco de luz sobre Melanie. Sempre dançando, pega o saquinho com as cinzas de Benito e abre. Joga as cinzas para o alto, pela janela, ou para fora do espaço cênico. Sorri, feliz, as cinzas brilham no ar. Luz cai.

— FIM —

Esta obra foi composta em Sabon LT Std
e impressa em papel pólen 90 g/m² para a
Editora Reformatório, em junho de 2023.